FRÉDÉRIC DARD

LA DAME QU'ON ALLAIT VOIR CHEZ ELLE

FLEUVE NOIR

*A Claude RICHOZ,
mon ami.*

F. D.

I

Il poussa un cri et s'éveilla.

Un instant, il lutta pour se dégager des noires algues de son cauchemar, puis son entendement prit le dessus et il ne sut plus ce qu'il venait de rêver.

Le plafond bas lui parut plus déprimant encore que les autres jours ; il décida de le repeindre en ocre. Il aimait les couleurs lumineuses qui font tout de suite penser au soleil et il souhaitait des cités pimpantes comme des jeux de cubes. Il tâtonna pour chercher une cigarette sur le tabouret tenant lieu de table de chevet.

— Il n'y en a plus, grommela Arlette, va en acheter !

Vite, il referma les yeux, importuné par cette voix trop quotidienne, et presque honteux d'avoir été pris en flagrant délit de lucidité, car il redoutait l'inévitable conversation qui s'ensuivrait. Depuis un certain temps déjà, Richard avait découvert la volupté du silence. Maintenant, il s'exerçait à se taire, comme d'autres à parler.

Arlette respecta un instant son mutisme. Richard s'enhardit à soulever une paupière. Son bout de regard accrocha le dos lisse de sa guitare posée verticalement contre le mur. L'instrument ressemblait à une femme assise en tailleur ; une femme sans tête. Il lui rappela sa nuit enfumée. Pendant des heures, Richard s'était efforcé de composer, mais l'inspiration venait mal. Il se récita mentalement les premières strophes de sa chanson en cours...

> *Sur le comptoir de l'amertume*
> *Où vont trinquer les désespoirs*
> *J'ai déposé ma dernière thune*
> *Pour un dernier calice à boire*

Sur le moment, le vague à l'âme aidant, il avait trouvé ce départ excellent, mais, après quelques heures de mauvais sommeil, il le jugeait insipide. De plus, la mélodie manquait de souffle. Richard se dit qu'il était décidément un pauvre type et qu'il n'arriverait à rien dans la chanson. D'ailleurs, avait-il vraiment envie de réussir autrement qu'en rêve ? Toute réussite implique un minimum d'activité organisée dont il ne se sentait pas capable. Mais l'orgueil ne le tourmentait pas. Richard se voulait disponible jusqu'à l'abnégation. Disponible pour lui-même seulement. Peut-être était-ce son amour d'une liberté secrète, privée, qui l'entraînait dans cette molle veulerie sans éclair...

— De toute façon, il va bien falloir que tu descendes, reprit soudain Arlette, j'ai besoin d'un œuf pour le gosse.

Ainsi, il sut que son ultime période de rémission venait de s'achever, qu'Arlette ne le laisserait plus en paix, alors il se remit à la haïr ardemment, d'une haine intérieure, patiente, qui lui glaçait le cœur et cependant réchauffait il ne savait quelle partie ténébreuse de son âme.

Comme pour confirmer l'injonction de sa mère, le petit se mit à pleurer, poussant des cris à la fois cocasses et irritants de jeune animal affamé.

— Tu vois, fit Arlette d'un ton de grand reproche, comme si Richard était la cause de ces pleurs.

Il sauta du lit, rafla son slip accroché au dossier d'une chaise. Son pantalon de jean traînait au sol, il s'y coula

10

en trémoussant des fesses, l'œil vague et hostile, avec dans la bouche ce goût de désespoir qu'ont certains matins.

— Tu pourrais me dire bonjour, reprocha sa compagne.

Il faillit lâcher une insulte, mais trouva plus commode de murmurer un bonjour en forme de soupir.

— Je crois que Simon met des dents, continua-t-elle.

— Quel con ! A quoi ça va lui servir ? Bouffer, toujours bouffer...

Il enfila son blouson de cuir râpé à même la peau, un bouton intérieur s'accrocha aux poils de sa poitrine et lui fit mal.

Il faillit sortir nu-pieds, avisa ses espadrilles aux talons écrasés, près de la porte, les chaussa sans pratiquement ralentir l'allure. Une fois sur le palier, il se dit qu'il n'avait pas jeté le moindre regard à Arlette. Il était certain de ne plus l'aimer. S'il restait encore avec elle, ce n'était pas à cause du gosse, qui d'ailleurs n'était pas de lui, mais par flemme de devoir chercher un autre gîte. Le couple vivotait chichement, grâce aux allocations familiales que percevait Arlette et à des foulards horribles que la jeune femme peignait et allait vendre dans des boîtes de nuit, les soirs de grande dèche.

La concierge l'interpella, du ton maussade qu'ont les créanciers trop négligés :

— Une lettre !

Il s'approcha de la loge, vit qu'il s'agissait d'un document adressé par les « Finances » et le refusa d'un hochement de tête.

— Je vous le donne, fit-il, sans rire.

— Si vous ne le prenez pas, je vais le flanquer à la poubelle.

— Merci pour le dérangement.

Quand il fut dans la rue, il s'aperçut que l'après-midi était bien avancé. Richard ne se préoccupait jamais de l'heure, cette servitude. Seul, l'enfant maintenait un semblant de rythme dans l'étrange foyer.

Il respira l'air ambigu, chargé d'aigres relents. La rue Saint-Denis appartenait encore aux gens laborieux, mais bientôt viendrait l'heure des chalands et alors y passerait ce souffle de vague allégresse qui, en fin de journée, apporte une détente floue dans les quartiers populeux de Paris. Richard s'arrêta devant un minuscule magasin récemment ouvert et tenu par une jeune fille à lunettes, laide mais agréable. La boutique lui plaisait parce qu'elle était peinte en orange et blanc. On ne voyait qu'elle dans la grisaille de cette voie vétuste. Elle tenait du bazar traditionnel et de « la boîte à cadeaux », c'est dire qu'on y proposait beaucoup de choses inutiles et qu'on en vendait peu dans ce coin modeste.

Richard aperçut des œufs de marbre dans une corbeille d'osier. Ils trônaient au milieu de la vitrine et cela faisait plusieurs jours qu'il s'arrêtait pour les contempler. Il avait toujours été fasciné par les objets absolument lisses, au point de se demander si sa vocation pour la guitare ne provenait pas tout simplement de cette attirance tactile.

Richard pénétra dans le magasin, poussé par un élan obscur dont il était tout surpris. La fille aux lunettes tapait à la machine au fond du local, d'un index malhabile. Elle lui sourit familièrement car elle savait qu'il habitait l'immeuble voisin.

— Ils valent combien, vos œufs ? demanda le garçon.

— Huit francs pièce.

Richard fouilla les poches de son blouson, en ramena laborieusement une pincée de monnaie qu'il étala devant la marchande.

— Six balles, dit-il, vous me faites crédit pour le reste ?

— Bien sûr.

— Je ne paie jamais mes dettes, vous savez.

Elle éclata de rire.

— En ce cas, je vous enverrai l'huissier.

— Ça m'étonnerait que vous puissiez en trouver un seul qui se charge du recouvrement, je suis la bête noire de ces gens-là. Je ne sais pas pourquoi ils renoncent si vite, avec moi, on dirait que je les intimide.

Il bâilla fort, tarda à mettre la main devant sa bouche et le fit pour la forme.

— Vous avez déjà sommeil ? demanda la vendeuse en dégageant la corbeille d'œufs de sa vitrine.

— Pas déjà : encore ! Je viens de me lever...

— Sans blague !

— Parole ! Regardez : je bande encore.

Il plaqua une main impudique sur son jean pour souligner le volume de son sexe. La jeune fille cessa de sourire. Elle rougit, serra les lèvres. Elle lui en voulait de bafouer la sympathie spontanée qu'elle lui portait.

— Je vous choque ? fit Richard.

Elle haussa les épaules.

— Si cela vous amuse...

— Oui, ça m'amuse vachement. Un truc qui m'amuserait bien davantage, ce serait de vous enfiler dans l'arrière-boutique, debout. Ce serait chouette, non ? On ne fermerait même pas le magasin. Qu'en dites-vous ?

— Je ne vous croyais pas dégueulasse.

— Je ne suis pas dégueulasse. Est-ce que je louche sur vos seins ? J'essaie de toucher votre cul, peut-être ? Quoi, dégueulasse ? C'est loyal un beau chibre qui demande à se placer. Moi, j'adore la bandaison du réveil, elle est irremplaçable. Tellement naturelle, vous comprenez ? L'esprit ne participe pas, il ferme sa gueule. C'est ce bon vieux corps tout seul qui réclame. Si vous disiez oui, je vous prendrais à la langoureuse, sans y penser, comme on fredonne *Le Beau Danube bleu* en se rasant. Vous avez vachement tort de me rembarrer, ça devient rarissime les hommes qui baisent debout, on va lentement vers une sorte d'anémie de l'espèce...

En guise de réponse, elle lui présenta la corbeille. Richard s'empara du premier œuf venu et le caressa amoureusement.

— Je voudrais avoir des burnes grosses comme ça, dit-il. Notez que je ne suis pas loin du compte. Allez, salut ! Je vous ai suffisamment indignée, ma pauvre loute. D'ailleurs, j'ai débandé en parlant.

Il sortit à regret. La fille l'émouvait confusément. Beaucoup de femmes lui mettaient ainsi du vague à l'âme. Il rêvait d'un droit de cuissage absolu qui l'aurait rendu maître de l'amour universel.

Après trois pas, il retourna à la boutique et posa une pièce de un franc sur la caisse.

— J'ai retrouvé ça dans la poche de mon jean, expliqua-t-il, vous n'aurez donc perdu qu'un franc, plus un pied de toute beauté. Il m'est déjà arrivé de causer des préjudices plus graves.

Il lui adressa un baiser du bout des doigts. Elle en comprit la tristesse et, de nouveau, lui sourit, tout ressentiment envolé.

— Il y a des jours, murmura Richard, je souhaiterais être un vieux con avec du coton dans les oreilles et un appareil pour rouler les cigarettes ; et puis il y en a d'autres, comme aujourd'hui, où j'aimerais faire quelque chose pour moi. Seulement, faire quoi ? Me buter, peut-être ? Ce serait plus confortable, vous ne croyez pas ? On devrait pouvoir cesser par un simple effort de volonté. C'est le geste à accomplir qui gâche tout. Bon, je vous quitte. Pour toujours. Dans le fond, nous aurons vécu une belle histoire d'amour, tous les deux. C'était beau et triste comme à la télé. Du reste, un jour, ils en feront un film, je vous en fous mon billet. Ça s'intitulera « L'œuf sans retour », et y aura une grande vedette dans le rôle de moi.

Il éleva l'œuf à la hauteur de ses yeux, faisant mine de le mirer.

— Et s'il contenait un germe, dites ? Vous ne voyez

pas qu'il engendre un poulet de marbre ? Vachement surréaliste... Presque autant que la vie. Surtout, ne soyez pas surprise si je ne vous salue plus en passant devant votre boutique : lorsqu'une liaison est finie, il faut lui couper l'admission d'oxygène. Moi, j'adore ce qui est définitif, c'est ce qui me donne le mieux l'impression que j'existe...

Et il partit pour de bon, cette fois, en songeant qu'il n'aurait plus envie de parler avant longtemps. Des bavardages en forme de monologues oiseux suffisaient à libérer son trop-plein intellectuel.

Dans son vieux peignoir bleu, Arlette ressemblait à une carcasse de gazelle blanchie par le désert. Elle était maigre et pâle. Au lieu d'apporter un certain romantisme à son visage, ses longs cheveux blonds en accentuaient la navrance aigrelette.

Elle préparait du café, attendant devant le réchaud que l'eau bouille, les bras croisés sous ses pauvres seins, l'œil plus morne que pensif. Son fils pleurait à en perdre le souffle, dans un petit lit douteux qui sentait le suri.

A la vue de ces deux êtres au destin compromis par une médiocrité qu'il sentait irréversible, Richard éprouva un profond accablement qui mettait en cause sa dignité d'homme. Il eut honte de partager ce logement miteux, cette vie ténébreuse ; honte de stagner dans l'inertie malodorante d'Arlette. Il l'avait rencontrée un soir, chez des copains du show-business aussi ratés que lui. Elle était enceinte de sept mois et délaissée ; seules, les filles de la soirée s'intéressaient à elle, poussées par cette solidarité féminine qui ne joue guère que dans des cas de ce genre. Richard avait été ému par le gros ventre de cette fille, par ses traits que brouillait la grossesse. Il lui avait parlé et, plus tard, l'avait raccompagnée rue Saint-Denis.

Pendant quelques mois, il s'était convaincu qu'il

l'aimait et avait joué les terre-neuve dans une maternité calamiteuse. Mais, ensuite, une vie rabougrie s'était peu à peu constituée. Cela ressemblait à un naufrage poussiéreux ; ses espoirs et son énergie s'engloutissaient dans une torpeur stupéfaite.

— Tu as l'œuf ? demanda-t-elle.

Il retira sa main de sa poche, l'ouvrit pour présenter l'œuf de marbre vert veiné de blanc. Arlette eut un geste pour s'en emparer, mais s'avisant qu'il ne s'agissait pas d'un véritable œuf, elle laissa retomber sa main.

— Qu'est-ce que c'est que ça ?

— Ben, tu vois : un œuf !

— Tu te fous de moi ?

Richard eut un sourire indécis, malheureux ; un sourire qui aurait dû inquiéter Arlette. Loin d'en être alarmée, elle grommela :

— Quel con, ce type !

Richard replia ses doigts sur l'œuf de marbre. Il eut alors l'impression d'être doté d'un énorme, d'un invincible poing, comme si ce faible volume, dur et lisse au creux de sa main, lui eût communiqué une espèce de force surnaturelle. Il regarda fixement Arlette dont les yeux atones s'animaient pour libérer une brusque colère de femelle. Son attention se concentra sur le menton pointu de la jeune femme. Celui-ci était proéminent et curieusement mobile ; il faisait songer à une chique et sans doute contribuait-il à donner à Arlette cet air chétif et ridicule qui la rendait pitoyable.

Le poing d'airain de Richard partit.

Il éprouva le contact flou du menton sur ses phalanges velues. Il vit chavirer le regard de sa compagne, comme dans un ralenti cinématographique. L'iris parut basculer, l'œil se fit complètement blanc, puis se ferma avant qu'elle ne parte en avant. Ses jambes se plièrent. Au lieu d'essayer de la retenir, Richard eut une esquive de toréador pour ne pas freiner la chute d'Arlette. La fille s'étala durement sur le méchant linoléum constellé de plaques lépreuses.

Richard considéra l'œuf de marbre avec étonnement avant de le couler dans la poche de son jean où l'objet créa une protubérance indécente.

Le bébé hurlait de plus en plus fort. Richard ferma le robinet du réchaud car l'eau bouillonnait avec violence dans la casserole.

« Bon, songea-t-il, je pars... »

Le moment était venu. Il n'y pouvait rien.

« Je suis, se dit-il, comme un fruit gâté qui tombe de sa branche. »

Il faisait bon quitter l'arbre pour s'en aller pourrir ailleurs.

Le temps d'ailleurs ne se rattrape pas.

II

Quand la nuit vint, il fut tenté de rentrer ; à cause de sa guitare. Il ne la regrettait pas en tant qu'instrument, mais en tant qu'objet représentant une valeur marchande.

Il avait marché, marché, au hasard, dégustant sa liberté retrouvée, content de son dénuement. Les mains aux poches — des poches vides ! C'était presque voluptueux de se sentir un homme disponible. Mais l'obscurité lui donna peu à peu une notion moins romantique de son dénuement. Il ne possédait pas le moindre centime et ne portait même pas de chemise. Il ne savait où aller, n'ayant pas d'amis susceptibles de l'héberger. Richard s'était toujours montré indépendant, voire un peu sauvage, et les rares copains qu'il avait rencontrés se situaient hors de son univers. Il ne lui venait pas à l'idée de se présenter chez l'un d'eux pour mendier le gîte et encore moins le couvert.

Epuisé par des heures de déambulation vide, il comprenait que ce coup de poing à Arlette l'avait propulsé au fond d'une nasse. Il se retrouvait seul au cœur de la foule, coupé de cette dernière par son manque d'argent.

« Eh bien, je vais donc voler ! » se dit-il.

Cette idée l'amusa car elle ne lui était jamais venue, ayant, toute sa vie, mis le bien d'autrui hors de question.

Très bien, il allait voler.

Mais cela consistait en quoi ? Cela se pratiquait de quelle manière, au juste ?

Voler...

Il acceptait de jouer ce jeu saugrenu, à condition qu'il fût sans risques. S'il consentait à l'acte, il en refusait les conséquences. Ses pas indécis l'avaient amené, le long des Grands Boulevards, jusqu'à la Madeleine. Richard aperçut une forte concentration d'automobiles devant l'épicerie Fauchon. Les clients du célèbre magasin stationnaient à la diable sur la place, en triple, et même quadruple position, abandonnant leurs véhicules aux soins de l'athlétique voiturier qui les déplaçait astucieusement, lorsque besoin était, pour faciliter des départs ou d'autres arrivées.

Richard s'intéressa au mouvement. Les dames élégantes sortaient de l'établissement, lestées de paquets prestigieux qu'elles déposaient dans le coffre ou sur la banquette arrière de leur auto. Certaines, ce déchargement accompli, replongeaient dans le magasin pour y chercher de nouvelles provisions.

« Il faut parer au plus pressé, se dit Richard, je vais toujours piquer un paquet de bouffe. »

Il repéra une femme entre deux âges, aux traits épais, dont l'élégance classique avait quelque chose de fatigué. Elle paraissait vaguement désabusée, peut-être à cause de la cigarette qu'elle gardait au coin de la bouche et qui lui donnait une expression un peu veule. Un court instant, leurs regards se croisèrent. La femme se débarrassa brutalement de sa charge et referma la portière de sa Chevrolet d'un coup de coude. Ensuite de quoi elle retourna à la boutique. Richard attendit qu'elle fût entrée, puis il s'approcha délibérément de la voiture, ouvrit la portière d'un geste lent et saisit un grand sac de papier glacé sur lequel le label de la maison s'étalait en caractères noirs. Il tint le sac par les cordonnets servant d'anse et se réjouit de le trouver lourd. A l'instant où il s'écartait de la Chevrolet, une grande ombre se jeta à sa rencontre ; il fut happé par une main formidable qui, l'ayant empoigné par le revers de son blouson, le fit pirouetter violemment. Une autre main lui administra une torgnole féroce, en plein visage, dont il eut des myriades d'étincelles dans la tête.

D'autres horions se mirent à pleuvoir, qui lui emmitouflèrent le cerveau dans une ouate brûlante. A travers une curieuse opacité pourpre, il vit le visage froid et implacable du voiturier. Richard reçut un coup particulièrement violent et s'abattit sur le pavé, entre deux voitures à l'arrêt. Il voulut se relever, fuir... Chercha un point d'appui à quoi s'agripper, mais ne rencontra que des carrosseries lisses qui se dérobèrent sous ses doigts.

Un brouhaha de voix grondeuses bourdonnait au-dessus de lui. On parlait de police. Richard pensa à son nom dans les journaux. Ce nom qui appartenait avant tout à son père, un très respectable notable de province.

— Non ! Laissez-le partir...

Il entrevit, parmi d'autres visages, celui de la femme à la cigarette.

— Mais, madame..., protestait le voiturier.

— Vous l'avez suffisamment corrigé comme cela, qu'il s'en aille !

Il reçut un coup de pied dans les côtes qui l'humilia davantage que tout ce qui avait précédé.

— Allons, debout, salopard... Debout !

Il dut se tourner sur le côté pour pouvoir assurer son équilibre dans l'étroite impasse où il gisait. Tant bien que mal, il put se remettre droit. Des figures hostiles le cernaient. On l'injuriait. On le haïssait. Un vieillard trop blanc le traita de gauchiste. Richard lui sourit faiblement. Ses lèvres tuméfiées lui firent mal. Il appliqua sur sa bouche le dos de sa main et constata qu'il saignait.

— On t'a dit de foutre le camp, guenille ! Et si jamais tu reviens draguer dans les parages, compte sur moi...

Alors il se remit en marche en direction de la rue Tronchet. Il dut enjamber le sac qui s'était à moitié vidé sur le sol et qui contenait des flacons sous emballage doré et des fruits exotiques.

Il marcha, la tête dans les épaules. Il emportait son nom préservé comme un trésor. Quelques injures l'escortèrent un instant. Il devait ressembler à un voyou blême. Richard s'apitoya sur son sort. Une toux rauque le secoua, provoquée par des larmes mal contenues.

Comme il tournait le coin de la place, un très léger coup de klaxon le fit tressaillir. Il leva les yeux et aperçut sa « victime » au volant de la grosse Chevrolet noire. Elle venait de stopper à sa hauteur, malgré le flot des voitures, et lui faisait signe de la rejoindre. Richard monta sans hésiter. Aussitôt, il fut sensible à la confortable odeur qui flottait dans le véhicule. Derrière, les autres automobilistes s'impatientaient. La femme leur adressa un geste impertinent avant de démarrer en trombe. Elle conduisait mal, par saccades. A tout bout de champ, Richard piquait du nez dans le pare-brise panoramique.

Ils longèrent la rue Tronchet et prirent à gauche, par le boulevard Haussmann. Un engorgement de la circulation, apparemment inextricable, contraignit la conductrice à stopper.

— Alors ? demanda-t-elle enfin à Richard.

Son visage était lourd, presque gras. Elle avait des poches sous les yeux. Pourtant, son regard d'un bleu marin restait vif et lumineux. Richard haussa les épaules.

— Alors, je ne suis pas très fier de moi. Bien entendu, si je vous jure mes grands dieux que c'est la première fois qu'une chose de ce genre m'arrive, vous ne me croirez pas ?

— Bien entendu, répondit-elle.

La circulation retrouvant quelque fluidité, elle redémarra.

Il se demandait ce que pouvaient être les motivations de la femme. Cherchait-elle une aventure ? Elle ne donnait en tout cas pas cette impression. A première vue, il la cataloguait parmi les femelles sexuellement tranquilles. Elle ressemblait à une bourgeoise d'origine modeste qui s'ennuie dans un milieu auquel elle n'est jamais parvenue à s'intégrer. Pourquoi l'avait-elle pris à bord de sa voiture ? Par pitié ? Elle ne paraissait pas pitoyable. Indulgente sans doute, mais par absence de préjugés.

Elle pilotait franchement mal, comme une débutante.

— Il y a longtemps que vous avez votre permis ? ne put-il s'empêcher de questionner.

— Très longtemps, oui ; ce qui ne m'empêche pas de conduire comme un pied, n'est-ce pas ?

Il eut une moue très vague, déconcerté par la réplique. A un feu rouge, elle donna un coup de frein particulièrement brutal qui prit le jeune homme au dépourvu. Il massa son front endolori.

— Ma parole, vous voulez me finir ! bougonna Richard.

Elle éclata de rire.

— Vous savez conduire, vous ?

— Depuis toujours. A dix ans, j'empruntais la voiture de mon père pendant ses consultations.

— Parce que votre père est médecin ?

— Voies urinaires. Diplômé de la Faculté de Montpellier.

— Comment apprécierait-il la plaisanterie de tout à l'heure ?

Richard hocha la tête.

— C'est marrant, mais pendant que je jouais les crabes à la renverse entre ces deux bagnoles, j'ai pensé au gros revolver d'ordonnance que papa conserve dans un tiroir de son bureau. Je me demande s'il ne se serait pas tiré une balle dans le crâne en apprenant la funeste nouvelle. Vous parlez : officier de la Légion d'honneur et, cette année, président de sa section rotaryenne...

Il réfléchit un instant et ajouta :

— Somme toute, vous lui avez probablement sauvé la

vie en empêchant ce grand méchant chien de garde de me remettre aux flics. Merci. Croyez-moi ou non, mais je ne recommencerai jamais. Ja-mais ! Plutôt mendier.

— Vous en êtes là ?

Alors il lui raconta tout : sa vie idiote, Arlette, le coup de poing...

Quand il sortit l'œuf de marbre de sa poche, elle le crut. Richard le lui tendit.

— Je vous l'offre. En souvenir.

Elle refusa le présent d'un signe de tête et garda ses deux mains grassouillettes sur le volant.

Ils atteignirent l'Etoile. La femme obliqua dans l'avenue Mac-Mahon, puis presque aussitôt dans une rue discrète bordée de petits hôtels.

Avisant un porche, elle stoppa sa voiture dans cet espace libre. Richard crut qu'elle allait lui proposer de faire l'amour et il eut un œil neuf pour la considérer, se demandant si elle le tentait assez pour qu'il pût lui administrer sa reconnaissance. Elle prit son sac à main bloqué entre les deux sièges avant, l'ouvrit, en sortit un portefeuille fatigué dans lequel elle prit de l'argent.

— Tenez, voici trois cents francs, louez une chambre dans cet hôtel. Lorsque ce sera fait, apportez-moi la carte de l'établissement pour que je me souvienne du nom et que j'aie le téléphone. Je vous appellerai demain matin à dix heures. Vous êtes monsieur ?

— Richard Lempleur, balbutia Richard éberlué.

Il prit l'argent et se dirigea vers l'entrée de l'hôtel. Une putain en sortait, flanquée d'un monsieur furtif qui plongea dans Paris comme on se défenestre pour échapper à un incendie.

Richard revint avec la carte qu'il tendit à la femme.

— On ne s'est pas étonné que vous n'ayez pas de bagages ? demanda-t-elle.

— On m'a seulement réclamé mes papiers et on les a conservés. Dites, puis-je savoir...

Elle venait d'allumer une nouvelle cigarette. Un filet

bleuté ondulait dans un courant d'air. La conductrice hésita.

— Ne me posez pas de questions, car tout cela m'échappe aussi. Il faut laisser la situation se décanter.

Il la vit glisser la carte de l'hôtel dans son sac à main.

— Et si demain je ne suis plus là ? fit Richard, d'une voix qui s'enhardissait.

Elle lui sourit presque maternellement.

— Mon Dieu, si vous n'êtes plus là, vous serez ailleurs, voilà tout !

Là-dessus, elle fit ronfler son moteur, l'emballa et s'arracha à son « berceau » non sans laisser une estafilade sur l'aile arrière d'une innocente petite Renault.

III

Il dormit bien, après s'être gavé de pommes frites et
de faux beaujolais dans un grand café de l'avenue de
Wagram. Ce furent des heurts à sa porte qui l'éveillè-
rent. Une voix de femme, teintée d'accent portugais
criait « Moussieur Lemplour, moussieur Lemplour, télé-
phono ! » à s'en faire saigner la gorge.

Richard sauta du lit dans son jean et alla ouvrir. Une
fille courtaude et grasse l'attendait dans le couloir, un
sourire niais et moustachu barrait sa face plate.

— En bas, dit-elle.

Richard dévala l'escalier au tapis élimé pour gagner
la réception. Le combiné téléphonique pendait au bout
de son fil, saugrenu, contre une affichette de théâtre. Il
le pêcha et n'eut pas à proférer la moindre syllabe car
sa respiration haletante annonçait qu'il se trouvait en
ligne.

— Vous dormiez encore ? demanda-t-elle.

Une certaine réprobation marquait sa voix un peu
traînante.

— Que pourrais-je faire de mieux ?

Pourquoi se sentait-il instantanément irrité par ce ton
d'emprise ?

— Vous n'allez pourtant pas passer votre vie au lit ?

Il coupa :

— Quand est-ce qu'on se voit ?

— On ne se voit pas, répondit la femme.

Richard fut surpris car il s'attendait à ce qu'elle lui fixât un rendez-vous. Il avait beaucoup réfléchi à sa curieuse aventure, la veille, en croquant ses frites, et en était arrivé à la conclusion que cette femme apparemment fatiguée par la vie cherchait avec lui un divertissement autre que galant. Peut-être souhaitait-elle jouer les pêcheuses d'âmes ? Certaines femmes, parvenues à l'âge mûr, orientent leurs déceptions sur des compensations bizarres.

— Vous avez des enfants ? questionna-t-il à brûle-pourpoint.

Il y eut un silence interloqué.

— Pourquoi me demandez-vous cela ?

— Comme ça...

— Non, je n'en ai pas. Vous vous figurez que je veux vous adopter ?

— Pas précisément, non.

— Ah bon, j'ai eu peur... Il vous reste encore de l'argent ?

— Dans les cent et quelques, oui.

— Je vous ferai déposer une enveloppe. Distrayez-vous.

— Vous ignorez toujours la raison pour laquelle vous m'entretenez ?

— En fait, je crois que je commence à comprendre.

— Et c'est ?...

Elle se racla la gorge.

— Il est trop tôt pour en parler. Disons que j'ai des projets.

— Quel genre ?

Elle eut un rire forcé et raccrocha.

*
* *

Pendant plus d'une semaine, il reçut des enveloppes par la poste, en exprès. Celles-ci contenaient des sommes variant entre deux et trois cents francs. De quoi vivre relaxe, sans toutefois pouvoir commettre de « folies ». Cette exitence insolite convenait parfaitement à Richard qui finissait par ne plus se poser de questions. Il se laissait complaisamment emporter par cette dérive dorée, en s'efforçant de penser le moins possible. Il se soumettait en se disant que cette période insolite de la « toquée à la Chevrolet » (c'est ainsi qu'il qualifiait la femme dans son for intérieur) constituait une espèce de temps mort dans son destin. Quelque chose comme une confuse convalescence. Les jours passaient vite, comme toujours lorsqu'ils sont creux et n'ont pas d'autre signification que de s'enchaîner les uns aux autres pour créer cette épaisseur illusoire qui s'appelle le temps.

Il buvait beaucoup, fumait plus encore, fréquentait les cinémas du quartier des Ternes, grimpait avec quelques putains et gavait de piécettes les juke-boxes des brasseries environnantes, infligeant aux autres consommateurs des musiques pop' qu'il n'appréciait pas tellement lui-même mais dont il cherchait à comprendre l'impact sur la jeunesse. Il rentrait tard à son hôtel, lesté de publications qu'il ne lisait pas et que la femme de chambre portugaise entassait scrupuleusement sur un méchant guéridon de bambou tout branlant.

Les enveloppes, seules, rythmaient son existence creuse. Il les recevait à fréquence rapprochée. Une tous les deux jours à peu de chose près. Il devinait que la femme espérait le retenir par de petits envois répétés plutôt que de lui remettre une somme importante qui aurait pu lui donner la tentation de filer. Il se prêtait au jeu, sans se soucier des intentions secrètes de sa « protectrice ».

Un après-midi, comme il quittait l'hôtel, Richard crut l'apercevoir dans la foule, avenue de Wagram. Elle paraissait le suivre à bonne distance. Richard rebroussa brusquement chemin, décidé à l'aborder, mais la personne qu'il croyait être sa « toquée » s'engouffra dans un taxi avant qu'il ne l'eût rejointe.

Il pensait peu à Arlette. Et cependant, chaque fois, à son réveil, les cris du marmot lui manquaient. Sa fuite n'avait rien changé à l'existence rabougrie du pauvre foyer. Arlette devait continuer de peindre ses foulards miteux et de les aller vendre, la nuit, pendant que Simon dormait, terrassé par des doses massives de Phénergan. L'air un peu plus pitoyable de la jeune femme ne pouvait qu'émouvoir les noctambules. Richard évoquait son ex-compagne avec un délectable cynisme et, mentalement, l'accablait de termes injurieux avec cette féroce allégresse des blasphémateurs. Il ne lui pardonnait pas les quelque dix-huit mois de fausse tendresse qu'il lui avait accordés, non plus que les soirées miteuses passées à grattouiller sa guitare dans une odeur de langes souillés, à la recherche de l'inspiration ; comme si l'inspiration pouvait se « trouver » jamais !

Arlette représentait à ses yeux il ne savait quelle déchéance dont il craignait que les stigmates ne fussent irrémédiables.

Un jour, alors qu'il s'apprêtait à sortir, le téléphone carillonna dans le hall de son hôtel.

— Hep ! C'est pour vous ! l'interpella la grosse taulière en laissant tomber le combiné contre le matelas d'affiches superposées qui tapissait son comptoir.

Elle s'éloigna en maugréant contre ces clients qui prenaient son hôtel pour un bureau de poste.

— Allô ! Bonjour...

Elle devait être enrhumée car elle parlait gras.

— Bonjour, fit Richard.

— Ça continue de bien se passer ?

— Quoi donc ?

— La vie.

Une toux de fumeur provoqua une tornade dans l'écouteur.

— Pas mal, grâce à vous...

— Vous ne vous ennuyez pas trop ?

— Non, au plan de la paresse, je suis un véritable artiste.

— J'ai beaucoup réfléchi, murmura la « toquée », en baissant le ton.

Richard ressentit une bouffée d'angoisse. Jamais encore il n'avait connu un tel état d'alerte générale. Il eut envie de raccrocher et de s'enfuir.

— Vous m'écoutez ? s'inquiéta la femme qui paraissait deviner son trouble.

Pourquoi eut-il la certitude qu'à cet instant elle hésitait encore à lui parler « pour de bon » ? Qu'elle aussi avait peur. Peur d'elle, de lui, de ce qu'elle voulait lui dire.

— Evidemment, je vous écoute.

— Vous m'avez bien dit que vous possédiez votre permis de conduire ?

— Exact.

— Vous l'avez sur vous ?

— Mes papiers constituent mon unique capital, madame.

— En ce cas, je vais vous adresser une nouvelle enveloppe, plus... substantielle, et vous irez louer une voiture.

— Comment ça ?

— Dans une agence spécialisée : Hertz ou Avis, peu importe.

— Vous avez besoin d'un chauffeur ?

— Pas exactement. Mais faites ce que je vous demande.

Il n'eut plus envie de regimber, malgré l'autorité assez rude dont elle faisait montre.

— Que dois-je louer comme voiture ?

— Ça n'a aucune importance.

— Et après ?

Une ultime fois, elle hésita. Richard l'encouragea :

— Eh bien, allez-y, quoi !

Elle « y alla », décontractée, tout à coup, comme s'il venait de la libérer définitivement de ses réticences.

— Ce soir, mon mari et moi devons dîner dans une hostellerie de Bougival, *Le Moulin à eau.*

— Connais pas.

— C'est très facile à trouver car cela se situe au bord de la Seine et, la nuit, c'est très brillamment illuminé.

— Vous m'invitez ?

— Laissez-moi parler. Non, je ne vous invite pas... Vous vous rappelez ma voiture ?

— La Chevrolet noire ?

— En fait, elle est bleu marine. Nous la remiserons dans le parking de l'établissement et nous quitterons celui-ci à minuit, j'y veillerai.

Il y eut un silence. Cette fois, elle n'hésitait plus à parler, mais cherchait des mots qu'elle voulait à la fois discrets et précis.

— Tenez-vous, un peu avant cette heure-là, embusqué non loin du parking avec votre voiture.

— Qu'entendez-vous par « embusqué », madame ? demanda Richard.

— Simplement rester à l'écart sans se faire remarquer. Je suppose que cette définition doit correspondre à celle du dictionnaire, non ?

Elle rit.

Richard ne lui donna pas d'écho. Il avait le gosier râpeux, les tempes battantes.

— Pourquoi ne devrai-je pas être remarqué ?

— Laissez-moi poursuivre.

— Je vous en prie.

— Lorsque nous quitterons le restaurant, vous nous suivrez, ça ne vous sera pas difficile car mon époux conduit lentement, surtout après un bon repas : il a la phobie de l'alcootest. Je serai à l'arrière de la voiture, ayant l'habitude de dormir dans l'auto lorsque nous rentrons. Je suis le contraire d'une couche-tard...

Elle libéra une nouvelle quinte de toux ; plus forte que la précédente.

— Vous êtes enrhumée ?

— Je ne sais pas... Que vous disais-je ?

— Je devais vous suivre.

— Oui. A un certain moment, lorsque nous atteindrons un carrefour, je vous adresserai un signe par la vitre arrière ; alors vous nous télescoperez.

— Je vous télescoperai ?

Le terme échappait à Richard, ou, plus exactement, n'éveillait rien de précis dans son esprit. Il le trouvait vaguement rococo.

— Vous nous percuterez par l'arrière, comme si notre arrêt vous prenait au dépourvu et que vous ne possédiez pas très bien le contrôle de votre voiture.

— Mais...

— Non ! s'écria-t-elle, nous entrons dans la phase qui ne supporte plus les objections. Le plus simple, pour vous comme pour moi, c'est que vous ne cherchiez pas à comprendre. Percutez-nous fortement, un point c'est tout. L'avant de votre voiture sera défoncé et le pare-chocs arrière de la nôtre tordu. On fera des constats. Pour vous, pas de problème : votre véhicule sera assuré tous risques par l'agence.

— Enfin, bon Dieu, je voudrais tout de même savoir à quoi rime cette mascarade.

— C'est oui ou c'est non, monsieur Lempleur ?

Son nom lancé avec vigueur le troubla comme la présence d'un intrus qui aurait surpris leur étrange conversation.

Il bafouilla :

— Et, en supposant que j'accepte ?

Elle attendait cette question, l'espérait même, car elle répondit vivement :

— En supposant que vous acceptiez, vous recevriez dès demain cinq millions d'anciens francs.

— Et si je refuse ?

— Mon Dieu, la question est simple : on n'entend plus jamais parler l'un de l'autre. Tenez, je vous propose un pacte, monsieur Lempleur : à partir de tout de suite on ne se dit plus rien. Vous agissez selon votre humeur ou votre instinct. Vous venez au *Moulin à eau* ou vous n'y venez pas. Si vous y venez, vous nous suivez ou pas. Si vous nous suivez, vous nous télescopez ou pas. Vous êtes libre, absolument libre. Qu'ajouter encore ?... Au cas où tout se passerait comme je le souhaite, il est évident que nous ne nous connaissons pas, que nous ne nous sommes jamais vus, n'est-ce pas ? Et demain vous recevriez cinq millions. Voilà...

Elle raccrocha.

Richard écouta pendant un moment le bourdonnement mécanique du téléphone avant d'en faire autant.

Son aventure débouchait sur un véritable mystère qui lui donnait une relance.

IV

Il les vit sortir du restaurant d'où s'échappaient des lamentos de violon. La nuit était fraîche et duveteuse, avec des vapeurs floues autour des lumières.

La « toquée » se trouvait au sein d'un petit groupe de gens élégants, un peu éméchés, qui parlaient haut dans la pénombre, promettaient de se téléphoner incessamment et riaient sans raisons apparentes.

« La vinasse », songea Richard.

Ces repas semi-mondains commençaient avec de belles phrases suçotées et s'achevaient par des bourrades.

Au bout de dix longues minutes assez incohérentes, le groupe se disloqua, les couples se reformèrent, chacun gagna sa voiture.

Le « mari » était un gros homme blond grisonnant qui tirait la jambe en marchant. Il ouvrit une portière arrière de la Chevrolet à sa femme qui prit place dans l'auto avec quelques difficultés. Ensuite il s'en fut se mettre au volant.

Richard vit qu'il enfilait des gants pour conduire et cela le fit sourire. Les hommes aiment à faire joujou, à prendre des mines, des poses et ne laissent passer aucune occasion de se donner de l'importance. Ni l'âge, ni leur condition sociale ne les guérissent de leur goût pour le théâtral et la grandiloquence.

« Il conduit aussi mal que sa bonne femme », songea le jeune homme en voyant avec quelle maladresse l'époux dégageait sa voiture du parking.

La route étant à sens unique, Richard démarra le premier au volant de sa 204, avec l'intention de se laisser doubler, ce que le conducteur de la Chevrolet finit par opérer laborieusement, après toute une série d'appels de phares timorés.

La filature commença, le long des berges où se succédaient des péniches endormies, noires sur l'eau noire ; elle n'avait rien de compliqué, « l'homme » pilotant à moins de 60 à l'heure. A travers la vitre arrière de la voiture américaine, Richard distinguait parfaitement la nuque massive du conducteur. Par instants, lorsqu'un autre véhicule les doublait, il avait le temps d'apercevoir les lunettes à forte monture du « mari » dans le large rétroviseur. Sa femme se tenait acagnardée dans un angle de l'auto. Richard devinait tout juste le haut de son buste. Elle paraissait dormir.

Quelques kilomètres plus loin, la Chevrolet abandonna la Seine pour s'engager dans une rampe qui montait à travers une double haie de pavillons modestes, faits de cette odieuse meulière que nulle mode kitch ne réhabilitera jamais.

Au sommet de la côte, il y eut une intersection de routes. Celles-ci étaient désertes et blêmes. Un stop laissait la priorité à la voie transversale. Le chauffeur de l'américaine le respecta scrupuleusement, bien que, de toute évidence, aucun autre véhicule ne fût susceptible de surgir inopinément. Alors « la femme » se souleva et tourna la tête en direction de Richard. Elle éleva sa main pâle qui ressemblait à quelque oiseau dans une bourrasque.

Le signal.

Richard s'arc-bouta et se tint le plus possible éloigné de son volant, les bras raidis, les doigts crispés sur le cercle garni de faux cuir poisseux. Sans la moindre hésitation, il appuya sur l'accélérateur. Les énormes feux rouges de la Chevrolet grossirent démesurément, éclairèrent d'une lumière d'enseigne le capot de sa propre voiture. Il se produisit un choc plutôt mou, ponctué d'un bruit mat de tôle écrasée. Richard n'eut plus, soudain, devant les yeux, que le givrage opaque de son pare-brise éclaté. Il éprouva une douleur à la tempe gauche. Un brutal silence succéda au fracas de l'impact. Richard palpa sa tête : du sang coulait d'une plaie qu'il venait de se faire en heurtant un montant de sa voiture.

« J'espère qu'elle sera satisfaite, se dit-il, ça fait plus vrai que nature ! »

Il voulut quitter son siège, mais ne put ouvrir sa portière bloquée et dut emprunter l'autre porte pour se dégager. Déjà, des voitures stoppaient à proximité de l'accident, tandis que des banlieusards en pyjama accouraient, mal réveillés.

Richard s'avança vers la Chevrolet, surpris de n'en voir sortir personne. Un grand type maigre, au nez tordu, atteignit la voiture en même temps que lui.

— Vous êtes blessé ? demanda-t-il au jeune homme.

— Je n'en sais rien ; peut-être... En tout cas ce n'est pas grave.

L'homme ouvrit la porte arrière de la grosse automobile et la lumière du plafonnier se déclencha automatiquement, découvrant une scène surprenante. « La femme » gisait sur le plancher de la voiture, coincée entre la banquette et le dossier du siège avant. Elle tentait maladroitement de se dégager, avec les mouvements patauds d'une tortue renversée.

— Charles ! Charles ! Aide-moi, voyons ! criait-elle, mi-alarmée, mi-furieuse. Charles !

Charles ne répondait pas. Il se tenait incliné en avant. Sa tête semblait pendre sur son épaule droite. Quelqu'un qui venait d'arriver voulut le ramener en arrière, mais le conducteur lui échappa comme un fardeau dont on a sous-estimé le poids, et il s'abattit en biais sur le siège du passager.

— Il est mort ! annonça une voix.

Les trois mots déclenchèrent une véritable crise d'hystérie chez la femme qu'on venait d'arracher à sa fâcheuse position.

— Charles ! Charles, mon chéri ! Non ! Ce n'est pas possible ! Chaaarles !

Richard considérait, hébété, l'intérieur de la voiture. Tout y était si net, si neuf, si confortable. Et voilà qu'il y avait un mort.

— Le coup du lapin, chuchota le grand type maigre ; comme Ali Khan, si vous vous rappelez...

D'autres voitures stoppaient. Un instant plus tôt, le carrefour semblait désert, et voilà qu'il se peuplait rapidement et qu'une guirlande de lumières se tressait sur l'accotement. Des gens avides d'émotions accouraient comme à un carnage, frémissants de curiosité.

On venait de faire asseoir la « femme » sur le talus et elle sanglotait, la tête dans ses mains. Elle portait une robe en lamé argent qui la grossissait, un boléro de vison blanc. Ses bijoux rutilaient dans la pénombre. Cet accoutrement donnait à la scène un côté baroque et vaguement irréel. Richard cherchait son regard, mais elle continuait d'enfouir son chagrin dans ses mains potelées. La foule grossissante le criblait de questions. Il répondait à certaines en étanchant avec son mouchoir le sang qui continuait de couler de sa blessure. Cette plaie l'aidait à prendre une contenance, à se composer une attitude de gars commotionné.

— Je n'ai rien compris... Il a commencé par ralentir, j'en ai fait autant. Et puis, brusquement, il a accéléré, sans doute parce que les routes étaient absolument désertes. J'ai accéléré également. Et voilà qu'il freine à bloc, impossible de l'éviter...

La voix gémissante de la femme retentit :

— Tout ce que dit ce monsieur est vrai. Mon mari a...

avait une très mauvaise vue. Il a sans doute cru voir arriver une voiture...

La police survint un peu plus tard, qui fit les constats. Lorsqu'on demanda à Richard quelle était sa profession, il répondit : « Compositeur ».

*
* *

Il passa une nuit blanche dans un hôpital de banlieue où l'on voulut absolument l'emmener à cause de sa blessure à la tempe. Des femmes geignaient dans une salle voisine. Malgré les calmants que lui administra une jeune interne, il garda les yeux fixés sur une veilleuse bleue qui prenait, au fil des heures, une importance croissante et finissait par éclairer la pièce presque normalement.

Richard ressassait inlassablement le cauchemar de la nuit. Jusqu'au vertige, jusqu'à la fantasmagorie. Il revoyait les larges feux rouges de la Chevrolet se changer en incendie et éprouvait dans tous ses membres les mille secousses plus ou moins vives du « télescopage ». Les visions fulguraient dans son esprit : la « femme » étendue sur le plancher, grotesque et empotée comme un crustacé hors de l'eau ; l'homme, qui glissait de côté, contre le dossier de son siège... Il réentendait toutes ces voix dans le noir qui, sans pudeur, énonçaient froidement des constatations : « Il est mort... Le coup du lapin, comme Ali Khan... »

Richard ressentait une lancinante cuisance à sa blessure. D'instinct, il y portait la main, et ses doigts caressaient la surface râpeuse d'une plaque de sparadrap marquée de perforations.

Les policiers avaient épluché son permis de conduire et exigé qu'il souffle dans l'alcootest. Vérification négative, Richard n'ayant bu que deux bières au cours de la journée.

Quand le jour blanchit les vitres, il s'abandonna à une somnolence entrecoupée de soubresauts qu'une grosse infirmière interrompit pour lui proposer une tasse de café au lait insipide.

Vers onze heures, enfin, on le laissa partir après lui avoir renouvelé son pansement. Richard retrouva sa 204 cabossée dans la cour de l'hôpital ; elle avait le capot écrasé, un phare pendant, et son pare-chocs avant ressemblait à une moustache conquérante. La clé de contact se trouvait à sa place et, quand il l'actionna, le moteur se mit à tourner normalement. La direction était faussée et l'auto tirait à droite. Il rentra au pas à Paris et s'en fut reporter la voiture à l'agence où on la réceptionna sans aigreur, peut-être parce que son pansement incitait à l'indulgence et qu'il y avait eu mort d'homme ? Il remplit des paperasses, signa des déclarations et, à pied, regagna le quartier des Ternes.

La faim le tenaillant, il pénétra dans un restaurant, un vrai. Jusqu'alors, peu porté sur la nourriture, il s'était toujours contenté de ces mets hâtifs que l'on consomme généralement seul, dans une brasserie bondée. Ce jour-là, l'envie lui prenait de faire un véritable repas cuisiné. Il commanda du poisson et de la viande avec une bouteille de vin de Provence, si pâle qu'il ressemblait à de l'eau teintée. Pendant qu'il mangeait, un vendeur de journaux fit le tour des tables. Richard acheta *France-Soir*. Son « accident » figurait en bonne place. Il apprit ainsi que la « victime » était un gros industriel d'origine suisse qui dirigeait en France plusieurs sociétés de produits chimiques. Le défunt se nommait Charles Zimner et sa femme se prénommait Catherine. Le couple ne possédait effectivement pas d'enfant ; il demeurait avenue Paul-Doumer. On citait naturellement le nom de Richard, mais une erreur s'était glissée dans l'orthographe de son patronyme et, par la grâce d'une téléphoniste de presse étourdie, Richard Lempleur était devenu Richard Lafleur.

Il trouva la coquille amusante et s'en réjouit. C'était un peu comme si son acte portait un masque. Malgré lui, il restait en dehors de ce fait divers qu'il avait pourtant perpétré délibérément.

Lorsque, dans le milieu de l'après-midi, il retourna à son hôtel, Richard y trouva une enveloppe délivrée par pneumatique.

Elle contenait cent billets de cinq cents francs.

V

Il hésitait à sonner, mais quelqu'un descendait l'escalier de marbre blanc, et Richard pressa le timbre de cuivre pour se donner une contenance.

Une soubrette à l'air méfiant vint lui ouvrir. Petite, boulotte, le teint bistre, elle lui rappela la femme de chambre portugaise de son hôtel.

— Je voudrais voir Mme Zimner, dit-il impressionné par le luxe qu'il entrevoyait depuis le palier.

— C'est monsieur ?...

— Richard Lempleur.

La domestique eut une moue réprobatrice :

— Madame ne reçoit pas en ce moment, que désirez-vous ?

Visiblement, le complet de grosse toile bleue de Richard, de même que ses cheveux longs ne lui inspiraient pas confiance.

— C'est moi qui ai causé l'accident d'hier soir, fit le jeune homme, je souhaiterais lui parler.

En entendant cela, la bonne amorça un mouvement de recul, comme si elle se fût trouvée en présence d'un malandrin dangereux.

— Je vais demander, fit-elle.

Elle le fit pénétrer dans un hall tout en longueur, aux murs garnis de toiles impressionnistes. L'appartement suait la richesse conventionnelle. Le Louis XV d'époque, les vitrines bourrées de bibelots précieux abondaient. Il évoqua avec un rien de nostalgie la vieille maison paternelle, solidement ancrée dans une campagne pulpeuse à souhait qui sentait bon la cuve et le fumier. Son énorme toiture aux tuiles rondes, moussues, rassurait. C'était une belle demeure, pleine de meubles rustiques qu'on n'arrêtait pas d'encaustiquer et de fourbir. Un lieu protégé où plusieurs générations de Lempleur étaient nées, étaient mortes en toute sérénité. Sans doute retournerait-il l'habiter un jour pour y finir sa vie selon une certaine tradition. Cette perspective lui semblait enviable.

La soubrette revint, la mine révulsée.

— Madame ne peut vous recevoir, annonça-t-elle, presque triomphalement.

Ses petits yeux sots et mesquins brillaient d'excitation mauvaise.

Richard hocha la tête.

— Tant pis, vous lui remettrez ceci.

Et il tendit à la femme de chambre l'enveloppe rebondie.

— Qu'est-ce que c'est ?

Elle hésitait à s'emparer de ce pli dodu, comme si elle redoutait qu'il fût piégé. Elle le prit tout de même et, sans aucune gêne, souleva la languette de l'enveloppe. Constatant qu'elle contenait de l'argent, elle la rendit au jeune homme en bredouillant des « Non, non ! » effarés.

Richard lui décocha un sourire de loup et gagna la porte sans reprendre l'enveloppe. Il tâtonna pour ouvrir, la serrure étant munie d'un système de blocage automatique. En s'en allant, il se demanda si certaines des toiles aperçues dans l'entrée étaient de Raoul Dufy ou bien de son frère.

***

Ce fut dans le courant de ce même après-midi qu'il retourna rue Saint-Denis, mais personne ne répondit à son coup de sonnette. La concierge le renseigna de mauvaise grâce, avec ce ton rogue que les bonnes gens se croient obligés d'adopter pour répondre à quelqu'un dont ils réprouvent la conduite. Elle lui apprit qu'Arlette travaillait chez un photographe du quartier et confiait son enfant à une crèche pendant ses heures de travail. Richard dit que c'était très bien ainsi. Il repartit d'un pas neuf, vaguement soulagé, avec la certitude absolue que plus jamais il ne reviendrait visiter Arlette. Il était heureux de ne l'avoir point trouvée à son domicile, car il redoutait ses propres faiblesses et savait qu'il devait se méfier de ses élans irréfléchis.

Il rentra à son hôtel en essayant de faire des projets d'avenir. La nécessité de gagner sa vie lui apparaissait clairement et, brusquement transformé par l'un de ces coups de maturité qui font des jeunes gens des hommes, l'envie le prenait enfin de s'assumer avec méthode et dignité. Il en vint même à se demander s'il ne ferait pas bien d'aller passer quelque temps chez ses parents pour mieux se conditionner et marquer ainsi la fin d'une époque qui venait de consumer son adolescence.

Comme il atteignait son palier, la femme de chambre qui fourbissait la rampe, un demi-étage plus haut, lui cria quelque chose que Richard ne comprit pas. Il s'abstint de lui faire répéter et entra dans sa chambre qui sentait la vieille moquette. Il eut un haut-le-corps en découvrant Mme Zimner assise sur son lit. Elle avait posé ses souliers pour pouvoir allonger ses jambes sur le couvre-lit. Adossée au montant de bois, elle lisait l'une des revues respectées par la servante portugaise. Elle utilisait pour lire d'étranges petites lunettes pliables qui donnaient une expression hagarde à son visage lourd.

— Vous me pardonnerez cette violation de domicile, dit-elle à Richard.

Par coquetterie, elle arracha ses lunettes-gadget dont les branches se rabattirent et qui se mirent dès lors à ressembler à un énorme insecte stylisé.

Le jeune homme lui accorda un regard dédaigneux et s'approcha de la fenêtre. A travers les rideaux à grille en charpie, il vit la petite rue mouillée, infiniment quotidienne avec ses médiocres boutiques et ses passants préoccupés.

— Pourquoi m'avez-vous rapporté cet argent, monsieur Lempleur ? J'ai eu toutes les peines du monde à trouver une explication valable pour ma femme de chambre.

Il pinça les lèvres en constatant cette réaction de bourgeoise indécrottable. Ce qui la préoccupait, avant toute chose, c'était la curiosité manifestée par sa domestique. Le reste venait après.

— Si je l'avais conservé, madame, j'aurais été le complice d'un assassinat.

Elle tressaillit.

— Vous dites ?

— Qu'en vous aidant à tuer votre mari, la nuit dernière, j'ignorais ce qui allait se passer. Conserver le prix de mon intervention aurait équivalu à un consentement postérieur.

Il s'empara de l'unique chaise, s'y assit comme si c'eût été lui le visiteur. Il se sentait solide, implacable et en éprouvait une certaine jouissance. Son énergie toute neuve le grisait, mais c'était une griserie froide et contrôlée.

— Ma parole, vous m'accusez ! bredouilla Mme Zimner.

— Formellement, déclara Richard.

Il reprit souffle, soucieux de parfaitement affermir sa voix avant le mensonge qu'il allait avancer.

— Je vous ai vue.

— Et vous avez vu quoi, petit malin ?

— Tout.

— Allez-y, j'écoute.

— Dès que je vous ai eu percutés, vous vous êtes jetée par-dessus la banquette, vous avez noué vos mains sur le front de votre mari et l'avez tiré en arrière, de tout votre poids. Sa nuque a porté contre le dossier et ses vertèbres cervicales ont craqué comme du bois sec. Alors vous l'avez repoussé en avant et vous vous êtes laissée tomber sur le plancher de la voiture.

Depuis des heures et des heures, Richard essayait de reconstituer le drame. Et maintenant, il récitait la scène de mémoire. Et parce qu'il l'énonçait tout haut, avec des mots précis, il avait la certitude d'exprimer la vérité.

Mme Zimner se mit à replier ses lunettes. C'était un exercice aussi minutieux qu'un puzzle. Lorsqu'elle l'eut terminé, les lunettes avaient le volume d'une grosse noix.

— Que comptez-vous faire ? demanda-t-elle d'une voix lasse.

— Que voulez-vous que je fasse ?

— Je ne sais pas. Prévenir la police... C'est ce que devrait faire un garçon vertueux, non ?

— Ma vertu ne va pas jusqu'au mouchardage.

— Surtout quand on a joué un rôle déterminant dans l'affaire, n'est-ce pas ? J'imagine, et vous aussi d'ailleurs, les questions embarrassantes auxquelles vous auriez à répondre.

Richard la contempla un instant et déclara :

— Je ne crois pas que ce soit cela qui me retienne.

— Hum, en êtes-vous bien certain ?

— La vérité est ailleurs.

— Vraiment ?

— Comment vous expliquer... J'aimerais, pourtant. Ecoutez : je m'en fous, comprenez-vous ? Je m'en fous, oui, voilà, c'est ça, c'est exactement ça : je m'en fous. Naturellement, si j'avais été mis au courant *avant*, il n'y aurait pas eu d'*après* parce que je vous aurais envoyée rebondir, seulement, à présent, c'est fait, hein ?

Ils eurent un long silence. Quelque part, dans l'hôtel, un transistor éructa, lâcha une salve sonore qu'une main contrôla aussitôt et redevint muet, du moins pour le couple.

Ils se taisaient.

Et une confuse émotion leur venait, incompréhensible. Quelque chose de doux-amer, de triste comme certaines retrouvailles d'ancien couple.

— Pourquoi l'avez-vous tué ? finit par demander Richard.

Elle secoua la tête.

— Sans doute pour me libérer...

— Le divorce ne vous suffisait pas ?

— Il faut croire. Comment définir la manière dont naît ce genre d'idée ? Un jour, elle vous vient. Vous n'y prenez pas garde. Elle s'en va. Elle revient. Et alors vous la chassez. Et puis voilà qu'elle insiste, qu'elle prend racine, qu'elle s'organise. Votre subconscient la prend en charge... Il vous démontre que ce cauchemar peut devenir possible. Un pas est franchi. LE pas, quoi !

— C'était quel genre d'homme ?

— Froid, mesquin. Mais à quoi bon accabler sa mémoire ? Je le haïssais depuis si longtemps, avec tant d'énergie. A présent, je me sens libre et je suis désemparée comme tous les gens fraîchement libres.

— Pas de chagrin ?

Elle parut ne pas comprendre, et quand elle eut compris, sa voix vibra d'indignation.

— Du chagrin ! Du chagrin ! Vous vous fichez de moi ! Que voilà bien une pensée d'homme qui regrette ce qu'il fait aussitôt qu'il l'a fait, parce que ça se met à devenir du passé et que pour un homme, le passé est nostalgique. Du chagrin ! Croyez-vous que j'aurais brisé le cou de cet homme s'il y avait eu pour moi le moindre risque de chagrin ?

Elle sauta du lit, se rechaussa et prit son sac à main sur le plancher.

— Vraiment, demanda-t-elle en sortant l'enveloppe aux cinq millions, vous n'en voulez pas ?

— Non.

— Comment allez-vous vivre ?

Il fut tenté de lui répondre qu'il était capable d'exister sans ses enveloppes et qu'elles ne représentaient pour lui qu'un expédient momentané dont à présent il avait horreur.

— Je m'arrangerai, répondit Richard.

Elle ne fut pas satisfaite. Elle aurait voulu qu'il prît l'argent. Cette grosse liasse était devenue entre eux une chose incongrue, une chose encombrante.

— Et vous ? demanda-t-il, voyant qu'elle allait partir.

— Eh bien ?

— Quels sont vos projets, si ce n'est pas trop indiscret.

Il eut un rire gêné.

Elle hésita un peu. Ses mains fortes tremblaient sur le fermoir de son sac.

— Après les funérailles, je pense que je partirai.

— Loin ?

— En Suisse. Charles possédait une maison, à Berne, sur les bords de l'Aar. Une maison très impressionnante, très belle et très secrète, avec des boiseries peintes à l'intérieur. Oui, je vais aller là-bas.

Richard la considéra, troublé, confondu par cette envie qu'elle avait d'aller faire retraite dans la demeure de l'homme qu'elle venait de supprimer impitoyablement. Une maison sûrement qui devait davantage correspondre au tempérament du mari mort qu'au sien.

— Ici, poursuivit-elle, je connais trop de gens imbéciles. Vous comprenez bien que, dans ma situation, je ne suis guère tentée par ce rôle de veuve éplorée ! J'ai besoin de m'isoler et peut-être également de me punir...

Elle se tut.

Il vit qu'elle avait des larmes au bord des cils.

— Et si vous m'emmeniez ? demanda-t-il impulsivement.

VI

Ils s'étaient donné rendez-vous directement dans le train. Catherine Zimner avait loué deux singles situés chacun à une extrémité du wagon, et elle arriva au dernier moment, bien longtemps après Richard. Son porteur dut courir le long du quai pour jeter son ultime valise aux pieds du steward.

Richard eut le réflexe de se porter à sa rencontre afin de l'aider, mais, des yeux, elle lui intima de l'ignorer et il s'abîma dans la contemplation de banlieues hétérogènes jusqu'à ce qu'elle se fût enfermée dans son compartiment. Richard finit par l'imiter, le cœur accablé d'une vague navrance.

Ce ne fut que dans le train de Berne, après le changement de Lausanne, qu'ils se rejoignirent. Il fut frappé par l'air de réelle gaieté de Mme Zimner. Ils ne s'étaient pas revus depuis la visite qu'elle lui avait rendue à son hôtel et n'avaient échangé qu'un seul coup de fil pour mettre au point leur départ.

« — Toujours décidé ? »

« — De plus en plus. A moins que cela ne vous contrarie ? »

« — Non. »

« — Alors, nous partirons mercredi de la semaine prochaine par le T.E.E. du soir. »

« — D'accord. »

« — Je vous poste votre billet et votre réservation. Nous voyagerons séparément, le monde est petit, et il serait fâcheux qu'une de mes relations me voie en votre compagnie. »

« — D'accord. »

Ç'avait été tout. Pas d'au revoir. Rien... L'essentiel, à mots précis, peureux...

Et maintenant, ils se sentaient comme libérés de tous les maléfices. A l'abri.

Le train suisse roulait presque silencieusement dans un paysage de montagnes. Tout était vert, rassurant. Ils apercevaient des maisons trapues, d'un blanc cru, avec des volets à chevrons, des gens paisibles, des chemins peu encombrés où roulaient des autos raisonnables.

— Vous vous prénommez Catherine ? demanda-t-il.

— Comment le savez-vous ?

— Le journal du lendemain...

Elle acquiesça, exhala une longue bouffée impétueuse. Sa cigarette la rendait vulgaire. Il se dit que ses vêtements noirs la rajeunissaient et la trouva presque belle. Quel âge pouvait-elle avoir ?

Il trouvait leur étrange équipée insensée. Ils étaient là, assis face à face, ne sachant pratiquement rien l'un de l'autre, n'éprouvant rien l'un pour l'autre et pourtant décidés à vivre ensemble pendant un certain temps dans une ville étrangère sans avoir d'autres liens qu'un meurtre.

Vivre ensemble...

Comment la chose allait-elle être possible ? Il ne la désirait absolument pas, et s'il avait dû éprouver un quelconque sentiment pour elle, celui-ci aurait plutôt été d'ordre filial. Bien qu'il la sût meurtrière, elle constituait pour lui un refuge.

Ils atteignirent Berne peu avant midi et décidèrent qu'ils mouraient de faim et que rien n'urgeait autant que de se précipiter dans un restaurant. Ils dénichèrent

48

une brasserie valaisanne, non loin de la gare, et y firent un repas de fromage et de viande séchée en buvant deux bouteilles d'un fendant léger qui frisait sous la langue. Au cours du déjeuner, ils devisèrent de petits riens sans rapport avec la vie bizarre qui les attendait. On eût dit que ce futur imminent leur était étranger et ils n'envisageaient aucune de ses perspectives. Ils s'en remettaient, pour l'affronter, à leur instinct, uniquement à leur instinct. Ils n'avaient pas la moindre curiosité d'eux-mêmes. Leur cas était celui de deux solitudes qui s'étaient obscurément reconnues. Ils avaient contribué tous deux à la mort d'un homme, elle avec une patiente préméditation d'araignée, lui sans même le comprendre, et ce meurtre ne les troublait pas.

Ils frétèrent un gros taxi Mercedes noir, piloté par un homme froid et triste qui se précipitait pour charger les bagages, ouvrir les portières. Catherine lui montra l'adresse qu'elle tenait prête sur un morceau de papier, le nom germanique lui semblant impossible à prononcer pour qui ne parlait pas l'allemand.

— Vous connaissez déjà la maison ? demanda Richard, tout en regardant défiler la ville belle et grise, d'un gris verdâtre, semblable à certains uniformes de l'armée helvétique.

— J'y suis allée une fois, quand la mère de mon mari vivait encore.

Le chauffeur pilotait lentement, avec une minutie irritante pour des gens débarquant du bouillant Paris. L'austérité des rues plaisait à Richard. Il découvrit des fontaines peintes qui le ravirent, un beffroi au toit conique, des arcades mystérieuses. Il aimait les villes à tramways parce qu'elles lui paraissaient appartenir au passé et que, chez lui, on avait le culte de tout ce qui était ancien ou disparu. Les objets et les traditions se transmettaient fidèlement, ainsi que les réputations. Le quotidien se peuplait d'ombres légendaires : officiers héroïques, prélats érudits dont les illisibles ouvrages trônaient pieusement dans la bibliothèque, dames laides et féroces sur leurs photographies décolorées, mais dont on vantait encore, les soirs de réunions familiales, la beauté et la charité. Ici, ce devait être pareil. Le temps gardait sa densité, les êtres leur importance, le passé participait au présent.

Le taxi quitta le centre, traversa un pont jeté sur le profond fossé de l'Aar et se dirigea vers un quartier résidentiel. Les demeures y étaient patriciennes, graves et lourdes, mais l'ensemble donnait aux arrivants un sentiment de sécurité inexpugnable.

— C'est par ici, je suppose ? demanda Richard.
— Il me semble. Cela fait si longtemps...
— J'aimerais que ce soit ici.
— Pourquoi ?
— J'aime.

Elle eut l'air d'apprécier sa joie. Effectivement, la voiture stoppa bientôt devant une grille noire et luisante qui bordait une pelouse où s'élevaient des cèdres de belle taille.

Au-delà des arbres, la maison paraissait plus vaste que celles du voisinage. Bâtie en pierres blondes, de style vaguement britannique, elle alignait d'immenses fenêtres majestueuses et se parait d'un perron monumental flanqué de lourdes lanternes noires.

Catherine chercha les clés dans son sac pendant que les deux hommes s'occupaient de décharger les bagages.

Ce qui frappait, lorsqu'on pénétrait dans le hall, c'était d'y trouver, d'emblée, une sensation d'habité, comme si une présence efficace continuait d'assumer l'entretien de cette demeure. L'impression n'était pas vaine car, à peine venaient-ils de congédier le taxi qu'une vieille dame surgit de la rue, à la fois digne et ridicule dans un manteau de drap gris à col de renard noir. Sa tête, en forme de poire à la renverse, était surmontée d'un incroyable chignon hérissé d'épingles. Le visage plissé de l'arrivante faisait penser à quelque vétuste enveloppe de caoutchouc dégonflée. Elle se mit à parler vite, en suisse allemand, d'un ton geignard. Elle secouait éperdument la main de Catherine. Sans doute lui présentait-elle ses condoléances. Catherine essaya de lui répondre en français, mais la dame ne parlait que l'allemand. Elle pleura un peu, se tamponna les yeux et le nez à l'aide d'un mouchoir miraculeusement jailli de sa manche, et demanda tout de go qui était Richard en le montrant du doigt. Sa question fut si véhémente que les deux voyageurs la comprirent. Elle les déconcerta, car ils n'avaient rien préparé de plausible. Heureusement, la femme les tira elle-même d'embarras en s'exclamant :

— *Mutter ? Mutter ?*

— *Ja,* dit Catherine.

Richard intervint vivement.

— Vous savez ce qu'elle vient de vous demander ?

— Si je suis votre mère ?

— Et vous lui répondez que oui !

— Pourquoi pas, j'ai l'âge de l'être après tout.

Il grommela, furieux sans qu'il puisse s'expliquer pourquoi :

— Vous, au moins, vous n'êtes pas coquette.

— Quel âge avez-vous, Richard ?

— Vingt-quatre.

— Et moi quarante-huit. Vous voyez bien...

— Si c'est une familière, elle doit bien savoir que vous n'avez pas d'enfant !

— La preuve que non, puisqu'elle me demande si j'en ai. Et d'ailleurs quelle importance ? Cette bonne femme est probablement une petite retraitée du quartier qui arrondit ses revenus en veillant à l'entretien de la maison. Je peux toujours prétendre que vous datez d'avant mon mariage avec Zimner...

Ils se mirent à visiter la maison, sous la conduite de la vieille, et c'était grisant comme l'exploration d'une terre inconnue.

D'un commun accord, ils la jugèrent mal meublée. Il existait dans chaque pièce une profusion d'immenses bahuts, de tables massives aux piètements tarabiscotés, de bergères tendues de soie fanée, de tableaux laids au pompiérisme confondant. Ils ne trouvèrent de beau que les tapis dont feu la mère de Charles Zimner s'était complue à recouvrir ses parquets, souvent par couches superposées.

Les pièces du bas étaient immenses et lugubres comme des salons de sous-préfecture. Par contre, le premier se montrait plus hospitalier, grâce à ses dimensions plus humaines et à son mobilier moins pompeux. Ils décidèrent d'y élire domicile. Catherine prit une chambre d'angle, dont les deux fenêtres donnaient sur l'arrière du parc et qui jouissait d'une salle de bains communicante. Ils s'amusèrent beaucoup de la baignoire ancienne, la déclarèrent Louis XV et convinrent qu'elle eût fait le bonheur d'un antiquaire.

Richard, pour sa part, choisit une chambre face à l'escalier, parce qu'elle comportait une alcôve et qu'il avait toujours rêvé de dormir dans une alcôve aux rideaux bien tirés. Quand il était petit, pour se coucher, il enfouissait sa tête sous son drap, ne respirant que par un étroit goulet méandreux qui ne laissait pas passer la lumière.

La vieille dame s'en fut, les laissant à leur installation. Alors ils sentirent peser sur eux le poids effrayant de l'exil.

VII

Il n'avait que quatre pantalons et un blouson neuf à accrocher dans sa penderie. Lorsque ce fut fini, il s'assit sur le lit très haut dont les draps sentaient la verveine et examina sa chambre, comme un prisonnier la cellule où l'on vient de l'enfermer.

Le papier en était passé, d'un bleu unique obtenu par l'action du temps. Un tableau au cadre solennel représentait un sous-bois couleur d'épinards cuits. Un chemin partait à travers ce foisonnement, décrivait un coude mystérieux et cessait.

« Il va falloir que je compose, se dit Richard. Ici, je vais tellement m'emmerder que je risque de devenir génial. »

Il se sentait l'âme en peine, avec, au creux des tripes, une sourde inquiétude, assez semblable à celle qui hante une personne sur le point d'entrer en clinique pour y subir une opération dont on lui a dit qu'elle serait bénigne, mais qui cependant nourrit des doutes.

Au bout d'un moment de méditation, il alla rejoindre Catherine Zimner dans sa chambre. Grimpée sur une chaise, la « veuve » hissait une valise vide sur le dernier rayon d'un gigantesque bahut. Richard constata qu'elle portait des bas. Un peu de chair pâle apparaissait sous l'ourlet de sa jupe. Elle avait des cuisses dodues veinées de bleu.

Il s'approcha à pas de loup et, d'un geste irréfléchi, coula sa main entre les jambes de son hôtesse. Le sursaut qu'elle eut faillit la faire choir. Elle le toisa d'un regard rageur.

— Ah non, je vous en prie, pas ça ! fulmina Catherine.

Richard se sentit rougir.

— Je vous demande pardon, fit-il piteusement, je ne sais pas ce qui m'a pris. C'est d'autant plus ridicule que...

— Que vous n'en aviez même pas envie ? termina Mme Zimner.

Il ne répondit pas.

Elle sourit et son regard furieux s'éteignit.

— Je sais, dit-elle, jamais un homme n'a eu vraiment envie de moi.

Il protesta mollement :

— Quelle idée !

— C'est comme ça. On ne m'a jamais convoitée. Même lorsque j'étais jeune et pas plus moche qu'une autre. J'ai sûrement été l'une des femmes les moins importunées de ma génération. Au restaurant, au cinéma, dans les transports en commun, on me fichait une paix royale. Cela vient probablement de ce que les hommes me dégoûtent. Question d'ondes, ou d'effluves, je suppose.

— Mais, votre mari ?

— Lui, comme les autres.

— En ce cas, pourquoi vous a-t-il épousée ?

— Parce qu'il voulait agrandir son usine de Courbevoie. J'avais de l'argent et lui en manquait à cette époque.

Elle lut la surprise de Richard dans son regard et murmura :

— Ça vous étonne que je sois fortunée ? Vous vous imaginiez que je l'ai tué pour hériter ? Mon père était un gros bonnetier de la Loire. Il est mort jeune et j'étais fille unique. Alors, le pognon, je connais...

Elle descendit du siège.

— On va aller faire des emplettes, non ? Et puis il nous faudrait une bagnole, aidez-moi à en acheter une. Vous avez besoin de quelque chose, vous ?

— Une guitare, répondit Richard. Et du papier à musique.

Elle opina :

— Oh, oui, c'est vrai que vous êtes compositeur.

Il essaya de déceler de l'ironie dans sa voix, mais elle semblait le prendre au sérieux.

Ils appelèrent un taxi par téléphone. Près de chaque poste, se trouvait un petit tableau rédigé à la main et comportant les numéros les plus usités ou de première nécessité. Bien qu'ils fussent répertoriés en allemand, quelques-uns, tels que « taxi » ou « doktor » conservaient pour eux tout leur sens.

Dans la voiture, ils ne parlèrent pas, trop intéressés qu'ils étaient par la ville. Berne les intimidait par sa gravité harmonieuse. On y devinait une vie solide, bien arrimée. Les gens y marchaient pesamment, un peu comme cet ours qui servait d'emblème au canton.

— Je crois que le mieux est qu'on se sépare pour faire nos courses ? suggéra Catherine.

— Peut-être, oui.

— Alors on se retrouve dans ce café, là, sur la place, dans une heure ?

— D'accord.

Elle lui décocha un sourire incertain. Richard se demanda ce qu'elle pensait. L'incident de la chambre lui laissait un malaise indéfinissable. Ses doigts se rappelaient encore le contact des cuisses de sa compagne. Elle avait les chairs froides et molles.

Lorsqu'elle eut disparu, il songea qu'il ne possédait pas d'argent suisse. Il examina sa fortune, elle se montait à deux cents francs français. Il les changea ; mais cette somme ne lui permettait pas d'acheter une guitare.

Alors il s'installa à la terrasse du café que Catherine venait de lui désigner et se mit à l'attendre.

Elle passa devant la terrasse de l'établissement bien avant l'heure prévue. Elle paraissait animée, contente, un peu comme lorsqu'on emménage dans une location de vacances et qu'on procède à des emplettes élémentaires dont on a perdu l'habitude depuis très longtemps.

Elle l'aperçut et obliqua pour venir le rejoindre.

— Vous avez déjà fini ? s'étonna-t-elle.

— Pratiquement, répondit Richard d'un ton hargneux.

— Et votre guitare ?

— Chez le marchand.

— Vous ne l'avez pas ?...

Elle tressaillit.

— Oh ! mon Dieu, j'ai oublié de vous remettre de l'argent.

Elle ouvrit son sac de cuir aux flancs rebondis.

— Je viens justement de passer à la banque. Attendez...

Sans s'occuper des autres consommateurs abasourdis, elle sortit une forte liasse de billets de banque violacés. La liasse était compacte, lourde. Catherine l'ouvrit comme elle aurait fait d'un livre imprimé sur papier couché, la sépara en deux parties à peu près égales, au jugé, et tendit l'une d'elles à son compagnon.

— Drôles de billets, hein ? fit-elle en guise de commentaires. On sent que c'est du solide, pas comme notre monnaie d'opérette...

Elle semblait franchement surexcitée.

— Heureusement que je vous ai aperçu. Bon, à tout à l'heure...

Elle repartit. Il la suivit des yeux en pétrissant la liasse. Catherine avait des hanches très lourdes, des fesses un peu trop carrées de vieille lesbienne et sa démarche avait toujours dû manquer de grâce. Elle s'arrêta au coin d'une rue pour allumer une cigarette.

Richard se demanda ce qu'ils allaient devenir.

*
* *

— Je ne sais pas s'il est tellement utile que nous achetions une voiture ? fit Catherine en achevant d'empiler la vaisselle sale sur un plateau. Ça va sûrement créer des complications d'ordre administratif et, d'autre part, ici on a des taxis immédiatement...

Ils avaient dîné dans la cuisine, d'un poulet froid et de fromage. Richard dit qu'elle avait raison. Il s'empara de sa guitare posée droite sur une chaise libre, donnant vaguement l'impression d'une troisième présence dans la pièce. Dans ses bras, elle redevint un instrument. Ses doigts errèrent sur les cordes. Il y eut comme un frisson mélodieux. Catherine s'immobilisa pour regarder, prête à écouter, un œil fermé derrière le filet de fumée de son éternelle cigarette.

— Ben allez-y ! dit-elle.

Il haussa les épaules.

— Je joue si mal...

— Ne vous gênez pas pour moi, je n'y connais rien du tout. J'aime la musique sans jamais lui avoir été présentée...

Il se mit à grattouiller l'une de ses compositions favorites, une chanson tendre, floue, à peine discernable tant elle était immobile. Cela paraissait venir de loin, par spasmes, comme des bruits tourmentés par le vent.

— Ça me semble joli, c'est de vous ?

— Oui.

— Vous avez peut-être du talent, après tout, dit Catherine.

Elle déposa son plateau sur la paillasse de l'évier et revint s'asseoir, les bras croisés sur la table constellée de miettes de pain.

— Jouez, encore...

Il joua, fredonnant par instant quelques-uns de ses

refrains, l'air appliqué, buté, presque. Il avait l'air de livrer combat à sa guitare.

— Vous êtes mignon, fit Catherine quand il s'interrompit.

— Mignon ?

— Touchant, quoi. Un gosse.

Elle quitta la table.

— Bon, je vais me coucher, je suis vannée.

Et elle s'en fut en essayant de chantonner sa dernière chanson qui parlait de route et de ciel bleu.

Richard gagna à son tour sa propre chambre pour continuer de jouer. Il s'était offert la guitare la plus chère du magasin, un instrument de grande beauté avec des incrustations de nacre, et vendue dans une housse rigide dont il aimait caresser la garniture de velours noir.

Il était enthousiasmé par son jouet, se sentait décidé à lui vouer un amour passionné et à ne s'en séparer jamais. Il en appréciait le contact plus encore que la parfaite sonorité. Du beau travail... Saurait-il créer des choses valables avec une telle merveille à sa disposition ? L'envie l'en prenait en tout cas. L'inspiration est capricieuse, elle ne naît que de circonstances particulières. Le chagrin, l'amour ou la nostalgie sont des terres propices. Richard était sans chagrin ni amour, mais il comprenait que dans cette grande maison la mélancolie n'aurait pas de mal à éclore. La stimulante mélancolie qui fait chanter l'âme, comme un doigt doucement passé sur le bord d'un verre fait chanter le cristal.

Il était trois heures lorsque, épuisé, il cessa de jouer. Alors il rangea la guitare dans son étui. Les flancs de l'instrument étaient brûlants de sa propre chaleur. Il suffisait de le manipuler, même avec soin, pour lui arracher des soupirs, des exhalaisons, de ténues vibrations qui vous sautaient au cœur. Richard l'embrassa avant de rabattre le couvercle.

Comme il s'apprêtait à se coucher, un fracas de verre brisé le fit sursauter. En slip, il courut à la cuisine. Mais il n'y vit rien d'anormal. Alors il se rendit à la chambre de Catherine. Un rais de lumière filtrait sous la porte. Il toqua. Personne ne lui répondit. Il frappa plus fort. Il lui sembla percevoir comme une plainte, un vagissement plutôt.

Il voulut appeler. Il s'aperçut qu'il n'avait pas encore trouvé de qualificatif pour Catherine. Il ne l'appelait ni Catherine, ni Madame, au cours de leurs conversations. C'était « elle » et il lui disait « vous », en choisissant ses phrases.

— Ça ne va pas ? demanda Richard.

Il n'obtint qu'une seconde plainte. Alors il tourna le loquet ; la porte était fermée de l'intérieur. Il s'accroupit pour tenter de regarder par le trou de la serrure, mais tout demeura noir.

— Catherine !

Ça y était : il employait son prénom, malgré ses alarmes, cela lui fit un drôle d'effet.

— Catherine ! que se passe-t-il ?

Personne ne lui répondit.

Il prit son élan et se jeta violemment contre la porte. Celle-ci céda tout de suite et s'ouvrit grande. Le jeune homme découvrit alors Mme Zimner étendue sur son lit, vêtue seulement d'une veste de pyjama. Elle avait les yeux fermés, le souffle bruyant. Ses jambes entrouvertes découvraient une toison brune étonnamment fournie, telle que Richard n'en avait jamais vue et comme il ne pensait pas qu'il en pût exister. Ce sexe invisible sous un moutonnement de poils noirs le fascina. Il y avait dans ce spectacle quelque chose de fantastique et d'infiniment lubrique qui fouilla ses sens.

Il dut se contraindre pour cesser de fixer cette folle toison exposée impudiquement. L'état d'inconscience de Catherine l'effraya. Il ne tarda pas à en comprendre la cause. Une bouteille de whisky vide était posée sur la table de nuit. Une seconde venait de se briser sur le plancher, ayant heurté dans sa chute le pied de bronze du lit, et son contenu formait une large flaque qui se glissait sous le tapis le plus proche.

« Merde, elle est ivre morte ! songea le garçon. Cette femme boit. C'est de là que lui viennent son air lointain, sa tristesse indéfinissable. Elle s'enivre à mort. Je suis tombé sur une poivrote. »

Il ressentit une intense déception. Catherine picolait. Donc, elle appartenait à un autre univers. Leurs routes allaient s'écarter. Car Richard détestait les femmes ivres. A plusieurs reprises il avait vu des filles soûles perdues et en conservait un souvenir horrifié.

— Espèce de vieille salope ! lança-t-il à Catherine.

Elle émit quelques faibles vagissements. Il recula pour considérer l'abominable spectacle. Le sexe moutonnant de son hôtesse devenait terrifiant. Son système pileux commençait pratiquement au nombril et lui descendait jusqu'à mi-cuisses. Cette région de son corps semblait appartenir à un animal à la fourrure abondante. Il s'assit près d'elle, au pied du lit, fixant l'entrejambe de Catherine avec effroi, étonné par le trouble confus qui revenait en lui. Il finit par avancer une main frémissante vers l'épaisse toison noire. Les poils étaient soyeux et fuyaient sous les doigts. Richard accentua sa pression, gagné par un hideux vertige. Sa main s'égara dans le tumulte crépitant de ce noir foisonnement. Il sut ce que pouvait éprouver un sadique à l'instant de s'assouvir. Quel bonheur cuisant devait le faire trembler, et quelle noire extase l'entraîner vers des abominations libératrices. Il gardait les mâchoires crispées à s'en briser les dents. Ses doigts en fuseau s'obstinèrent, gagnèrent les brûlantes profondeurs de Catherine Zimner où ils s'insinuèrent doucement.

Elle eut un râle qui ne ressemblait pas aux autres. Richard prit peur et se sauva.

VIII

Il attendait le train pour Milan en contemplant l'animation de la gare. Une calme agitation en comparaison des autres gares qu'il connaissait. Pourquoi, à Berne, les gens paraissaient-ils si raisonnables, si maîtres d'eux-mêmes ? Comme s'ils détenaient le pouvoir de contrôler leur vie, de la piloter comme un tramway, étant bien admis qu'elle se déplaçait sur des rails et selon un parcours préétabli.

Pourquoi Milan ?

Il avait eu le choix entre deux départs : Zurich et Milan... Et il avait opté pour Milan, bien que le train partît quelques minutes après l'autre... L'Italie ne le tentait pas particulièrement car ce n'était pas de vacances qu'il avait besoin. Il rêvait de sécurité. De sa maison natale, dans le fond. La belle maison du docteur Lempleur, avec sa vigne vierge et ses vieux meubles sombres.

A cet instant précis, sous la marquise sonore de la gare de Berne, il se remémorait un paysage de campagne qu'on pouvait admirer depuis une certaine fenêtre du premier étage, là-bas, chez lui, et qui se faufilait entre les autres habitations du bourg pour gagner un horizon de vignobles et de boqueteaux ; le paysage se situait au-delà du pays qui, en fait, lui servait de cadre.

Un employé allait et venait sur le quai, coiffé d'un incroyable képi rouge. Il coltinait une sacoche à longue bride, qui cognait son genou droit lorsqu'il marchait.

Pour la vingtième fois peut-être Richard se répéta : « Pourquoi Milan » ? Il connaissait et n'aimait que modérément cette cité industrielle, si peu italienne, malgré sa place du Dôme et sa Scala tarabiscotée. Il tâtait dans sa poche l'argent que lui avait remis Catherine, la veille. Il l'avait compté et recompté avant de quitter, dès la pointe du jour, la grande maison verdâtre. Vingt-deux mille francs suisses, soit beaucoup plus de trois millions d'anciens francs. Elle avait eu la main large ! Cette fois-ci, il n'avait pas eu le réflexe de les lui laisser, sans doute parce qu'ils se trouvaient à l'étranger et qu'il la considérait confusément comme responsable de cet exil tout neuf ?

Il se sentait meurtri, abîmé plutôt. Allait-il passer sa vie à fuir des femmes ? A les quitter, brutalement, à la suite d'un coup de répulsion ? L'existence, pour s'accomplir normalement, ne devait-elle pas s'accompagner d'acceptations ?

Accoudé à sa valise, il en caressait mélancoliquement le flanc creux, la pensée nauséeuse et l'œil morne, comme un homme jeune ayant quelque mal à se tolérer.

Et puis elle fut là, soudain, plantée devant lui, les cheveux en désordre, les traits brouillés, sans bas, un simple manteau de drap jeté sur ses épaules. Elle dardait sur Richard un regard chargé de colère en pétrissant un papier : la lettre brève par laquelle il avait pris congé de Catherine.

Sa rage l'étouffait. Elle avait dû préparer des mots qu'elle ne trouvait plus. Tout ce qu'elle put lui jeter, ce fut un trivial : « Non, mais ça va pas ! » de marchande des quatre-saisons éclaboussée par une voiture.

Richard la regarda, admirant en secret sa rapidité de récupération. A la voir, et bien qu'elle fût habillée à la diable et non coiffée, on ne pouvait imaginer que cette femme gisait quelques heures plus tôt sur un lit, ivre jusqu'à l'inconscience.

— Vous n'auriez pas dû, balbutia-t-il, gêné.

Il redoutait une scène. Il avait honte de son accoutrement et peur de sa fureur.

Catherine faillit exploser. Elle hoquetait, et ce fut parce qu'elle ne parvenait pas à rétablir sa respiration qu'elle renonça à un éclat. Elle s'assit près de lui, sur le banc, haletant de plus en plus fort. Il en eut pitié.

— Allons, fit le jeune homme, ressaisissez-vous, je ne savais pas...

Il mit quelque douceur dans la fin de sa phrase. Catherine éclata en sanglots. Elle prit son visage meurtri entre ses fortes mains et lui tourna le dos. Le contrôleur à képi rouge lui jeta un regard surpris, puis considéra Richard sans cordialité. Deux religieuses protestantes qui attendaient le train à quelques mètres d'eux eurent la réaction contraire et détournèrent la tête.

Le rapide entra en gare à reculons. Richard fut comme chaviré par les bruits et les odeurs. Il ne partirait pas. Il n'avait jamais eu envie de partir.

— Venez, murmura-t-il, on rentre.

Il saisit la poignée de son maigre bagage et marcha en direction de la sortie, sans plus s'occuper d'elle. Un certain sens du respect humain le poussait à faire croire qu'ils n'étaient point ensemble. Catherine le suivit, comme une vache son bouvier, pleurant toujours. Ils prirent un taxi. Richard se hâta d'y monter pendant que le chauffeur tenait la portière à Catherine. Il avait conservé sa valise et la tint sur ses genoux. Elle l'isolait des réalités. Il avait appris leur adresse, mais la prononçait si mal qu'il dut la répéter à trois reprises, en modifiant la prononciation, avant que le conducteur ne la comprenne.

*
* *

Elle parla la première, mais au bout d'un temps assez long. Ils se tenaient assis dans le grand salon pompeux, mastoc, au mobilier rébarbatif.

— C'est vous qui avez fait sauter la serrure de ma chambre ? attaqua Catherine.

— Qui voulez-vous que ce soit ?

— Pour quoi faire ?

— Vous avez brisé une bouteille et le bruit m'a alerté ; comme vous ne me répondiez pas, j'ai pris peur. Dites, je ne savais pas que vous étiez alcoolique. Ce que c'est dégueulasse !

Elle resta impassible, ce qui attisa la colère de Richard. Il aurait souhaité qu'elle se rebiffe. L'état de prostration dans lequel elle venait de sombrer l'irritait. Catherine pantelait maintenant. Elle avait enfin l'attitude de quelqu'un qui s'est honteusement soûlé.

— Je ne suis pas près d'oublier ce spectacle, reprit Richard. Vous aviez les jambes écartées, comme si vous étiez prête à vous faire baiser. C'est sexuel, pour vous, la poivrade ? Hein, répondez ? Vous prenez votre pied en picolant, Catherine ? Bon Dieu, dites, ce que vous êtes velue. Je n'avais jamais vu ça...

— J'ai sans doute eu tort, soupira-t-elle.

— Tort ?

— De vous courir après ! De foncer droit à la gare après avoir trouvé votre lettre. Après tout, foutez le camp si ça vous chante ; vous voulez davantage d'argent ?

Il eut un hochement de tête indécis. Non, franchement, il ne savait pas quelle conduite adopter. Il n'avait plus envie de partir, sans toutefois éprouver vraiment celle de rester. L'impression ressentie à la gare, en attendant le train, continuait. Il flottait dans un désarroi dont il lui semblait que rien de positif ne pouvait sortir.

— Pourquoi m'avez-vous couru après ?

Elle fit la moue.

— Un réflexe, un simple réflexe. Il m'a paru impossible que nous nous séparions de la sorte, aussi bêtement, après...

— Après ce que nous avons fait ensemble ?

Richard eut un rire amer, un rire mauvais.

— La vérité, c'est que je représente un danger pour vous, n'est-ce pas ? Je détiens votre destin dans ma main.

Il allongea le bras, ouvrit et ferma à plusieurs reprises sa main droite, comme s'il mimait des éclosions. Une onde furieuse parcourut le visage tuméfié de Catherine.

— Bougre de petit con, pour qui vous prenez-vous ? Filez, si ça vous chante. Mon destin ! Vous avez de ces mots ! Qu'est-ce que j'en ai à fiche, de mon destin, imbécile heureux ?

L'éclat de son hôtesse annihila toute rancœur en lui.

— Je vais rester. Mais je vous en prie, ne vous soûlez pas de cette façon, Catherine.

— Je ferai ce qui me plaira, mon garçon. Pour commencer, je vais faire poser un verrou carabiné à la porte de ma chambre, histoire de préserver mon intimité.

— Drôle d'intimité ! Vous et deux bouteilles de Chivas Regal. Vous parlez d'une partouze !

Puis, changeant de ton, presque tendre soudain :

— Vous avez vraiment besoin de boire ?

— Je n'ai encore rien trouvé de mieux pour traverser le marais.

— Quel marais ?

— J'appelle ainsi ces longues périodes vides dans lesquelles on enfonce comme dans de la boue. On n'attend personne, on n'espère rien, on marche dans du temps cotonneux. Y a de quoi se buter, non ?

— Vous vous beurrez tous les soirs ?

— Pas fatalement, j'ai des moments de rémission, des jours pendant lesquels je m'assume sans trop de mal.

— Vous pensez que je peux vous aider ?

— Je l'ignore. Qui sait ?

Il la contemplait et ne pouvait s'empêcher de penser à sa pilosité. Il revoyait ses grosses jambes pleines de bourrelets, largement ouvertes, et ce foisonnement noir qui moussait sur toute la partie inférieure de son corps. Cette évocation le troublait. Il en était honteux, voire plus simplement gêné. Il lui paraissait ridicule d'être traumatisé par cette anomalie qui, en fait, prêtait à rire. Ce qu'il ressentait n'était pas racontable. N'importe qui eût pouffé s'il avait tenté de s'expliquer.

Il murmura, très vite, en détournant les yeux :

— Et si on essayait de faire l'amour ensemble ?

Elle pouffa :

— Vous n'êtes pas assuré du résultat, hein ?

— Quelle idée !

— Vous venez de dire : si on « essayait ». Donc, pour vous, il s'agirait d'une simple tentative qui peut être infructueuse.

— Toutes les tentatives amoureuses le sont. Il m'est arrivé de m'envoyer des pin-up apparemment sublimes et qui me laissaient pratiquement de marbre. C'est quoi, la sexualité, vous le savez, vous ? Moi, je l'ignore, mais ce que je sais c'est qu'elle s'opère ici.

Il se frappa la tempe.

— Alors supposez que ça marche, vous et moi.

— Qu'entendez-vous par « marcher » ? demanda Catherine.

— Ben, le plaisir. Jouir, quoi. Eprouver des sensations fortes.

— Je n'ai pas envie de faire l'amour, pas plus avec vous qu'avec quelqu'un d'autre.

— Envie, peut-être pas, mais besoin, ça, je vous jure que si. Rien que votre posture, sur le lit.

— Taisez-vous, supplia-t-elle.

— Se taire n'a jamais fait progresser une situation. Dans votre cas, il y a des tas de facteurs complexes ; refoulement, frigidité. N'empêche que votre être a besoin de jouir. Quand on se fout en l'air au scotch, simplement habillée d'une veste de pyjama et qu'on écarte les jambes, cela veut dire que votre corps réclame, qu'il est en manque. Je vais vous faire un aveu. Je n'ai pas pu m'empêcher de vous caresser. Eh bien, malgré votre inconscience, vous avez gémi. Donc, confusément, vous ressentiez quelque chose qui devait ressembler à du plaisir. Pourquoi refuser l'évidence ? Bon, alors nous sommes là, selon votre caprice, dans cette maison de votre bonhomme aussi marrante qu'un hôpital psychiatrique. Deux paumés, soyons francs. Deux loques sans ressort. On a bousillé un type ensemble ; sur le moment, d'accord, je ne croyais pas participer à un assassinat, mais puisque par la suite je n'ai rien dit, puisque je suis parti avec vous, c'est que rétroactivement, j'endosse ma complicité. Je l'accepte. Vous suivez tout ça, Catherine ? On se dit tout. Il le faut. Bien, donc nous voici réunis dans cette baraque étrangère. Vous biberonnez votre whisky, moi je grattouille ma guitare. Et puis ? Hein ? Ça débouche sur où ? Ça rime à quoi ? A rien ! A rien du tout. Mais on le vit tout de même, parce que, ça ou autre chose, pour nous, paumés, c'est du kif. Bon Dieu, tant qu'à faire, faisons au moins des expériences, sur le plan humain.

Elle se leva.

— Je vais chercher des cigarettes, dit-elle.

Il la suivit.

En passant devant sa chambre dont la porte béait, il aperçut sa flamboyante guitare au pied de son lit. Richard se dit que, décidément, il ne devait pas avoir le feu sacré, puisque chaque fois qu'il quittait un logis, il oubliait son instrument.

*

Il l'escorta jusque dans sa chambre. Catherine alluma une cigarette et s'affala dans un fauteuil à oreilles, confortable comme la Suisse. Richard ne sut quelle attitude adopter. Il était désert et sans désir aucun. Elle le comprit et lui sourit presque maternellement.

— Pas facile, hein ? soupira-t-elle. Les expériences, il

ne suffit pas de les vouloir. Pour être réussies, elles doivent nous prendre au dépourvu.

Cette remarque détendit l'atmosphère. Il s'assit également, brusquement apaisé. Il avait besoin d'être rassuré et sans doute sentait-il que cette femme déterminée et riche pouvait l'aider. Non pas l'aider financièrement, il n'était pas cupide, mais l'aider en donnant un certain sens à sa vie ; en lui permettant de l'orienter. Les faiblesses mêmes de Catherine contribuaient à lui communiquer l'assurance qui lui faisait tant défaut.

— Vous entrevoyez votre avenir ? demanda-t-il à brûle-pourpoint.

— Non, pourquoi ?

— Ça ne vous angoisse pas, ce temps qu'il va falloir traverser alors que rien de précis ne nous guide ? Que rien de profond ne nous inspire ?

— Au contraire, je trouve cela rassurant, assura-t-elle sérieusement. Nous sommes dans cette maison, nous mangeons, nous pensons, nous ne faisons rien. J'ai toujours rêvé de n'avoir rien à faire. Quand j'étais mariée, je devais me consacrer à un minimum d'activités : gérer la maison, recevoir des gens, assister à des soirées. Ça paraît peu de chose, mais c'était malgré tout trop contraignant à mon goût. A présent, je vais pouvoir me laisser aller...

— Où ?

— Qu'importe. Le présent seul compte. La majesté silencieuse du beau présent, tout chaud, qui passe. Vous savez, en croisière, on ne regarde le sillage qu'un moment et on ne s'intéresse pas longtemps non plus au mouvement de la proue, il n'y a que le bord qui importe, le fait qu'il se déplace devient vite théorique. Ici, pour moi, c'est une espèce de grand bateau sans commandant, qu'il reste au mouillage ou qu'il aille aux cent mille diables, je m'en fous.

Elle n'ôtait pratiquement jamais sa cigarette de sa bouche, comme si elle se sentait à l'abri derrière le filet bleu qui ondulait devant ses yeux plissés.

— Et moi ? questionna timidement Richard.

— Quoi, vous ?

— Qu'est-ce que je représente dans votre croisière ?

Catherine réfléchit, puis, après un instant de méditation laissa tomber :

— Une présence.

— Un chien pourrait jouer le même rôle.

— Ne vous fâchez pas, je viens de vous prouver que je tenais à vous.

Il y eut une longue période d'un silence plein de sérénité.

— Vous allez vous cogner vos deux bouteilles de Chivas ce soir ?

— C'est peu probable. Je suis une ivrogne, pas une alcoolique. J'ai des crises. Seulement des crises.

— Ça vous ennuierait de ne pas faire réparer la serrure de votre porte ?

— Ben, plutôt, oui. L'intimité, pour une femme, c'est important.

— J'aimerais qu'à aucun moment le contact ne soit rompu entre nous. Vous ne voulez pas faire un effort ? Je vous donne ma parole de ne jamais entrer chez vous sans votre permission.

Ils furent dérangés par la vieille femme de la veille qui arriva, flanquée d'une petite Italienne noire et blanche, aux yeux craintifs.

L'Italienne parlait le français. Elle dit que Mme Mutzner demandait si elle devait continuer d'assurer l'entretien de la maison en précisant le prix de cette collaboration. Catherine répondit que oui, et les deux femmes se mirent immédiatement à l'ouvrage avec une énergie de fourmis.

— Si on allait se baguenauder en ville ? proposa Richard. Berne m'a paru très belle, j'adore les cités à arcades. On boufferait au restaurant, et puis on irait au ciné.

— Au cinéma ! s'étonna Catherine. Mais ici, les films sont projetés en allemand.

— Justement, ça nous ferait l'oreille. J'adore aller au cinoche dans des villes étrangères, l'impression est très curieuse. Il m'est arrivé de revoir en Espagne un film que j'avais déjà visionné à Paris, et de le trouver totalement différent.

La fougue de son compagnon parut la gagner.

— D'ac. Appelez un taxi !

— Pourquoi fiche ? Ça nous fera du bien de marcher. Je crois que nous ne sommes pas très loin du centre. C'est plein de propriétés sublimes dans le secteur.

**

Il y avait son odeur. Une odeur assez forte, pas agréable et qui pourtant le troublait. Ils marchaient lentement, le long d'une avenue plantée d'arbres. Le quartier paisible hébergeait des ambassades. On apercevait, au-delà de grilles luisantes, des jardins parfaitement entretenus, des perrons blancs comme sucre, des voitures sombres à fanions que des chauffeurs désœuvrés s'obstinaient à fourbir dans le soleil tremblant de la matinée.

— On est bien, déclara-t-elle tout à coup en s'arrêtant.

Il la trouva belle. Ce fut bref, déconcertant. Cela ne dura qu'un regard. Et puis elle redevint la femme grassouillette, vaguement hommasse, qu'elle était habituellement, mais cette sensation fugitive suffisait à le rendre heureux.

— Oui, fit Richard, on est bien.

Et ils se remirent à avancer vers la ville dont les maisons se pressaient en essaim dans la boucle romantique de l'Aar.

Ils s'arrêtèrent au bord de la fameuse fosse aux ours au fond de laquelle quelques plantigrades grassouillets mâchouillaient des carottes en considérant le public de leurs petits yeux hypocrites. Des Japonais photographiaient les bêtes avec des sourires heureux, cherchant des angles propices. Il flottait un air léger de vacances, chargé d'insouciance.

Ensuite ils plongèrent dans la Junkerngasse dont les maisons solides s'arc-boutaient fièrement de toutes les racines de leurs arcades, s'arrêtant tous les deux pas pour admirer les vieilles enseignes et les célèbres fontaines décorées qui gardent constamment à la rue un air de fête. Ils se sentaient contents d'eux-mêmes, et surtout « à l'unisson ». Et c'était là une sensation neuve et exaltante, comme celle qui suit un grand danger conjuré.

Ils firent un bon repas copieusement arrosé dans un restaurant choisi au hasard pour sa bonne mine. Puis ils se rendirent au cinéma, ainsi qu'ils se l'étaient promis. Le choix était mince, ils optèrent pour un vieux succès américain que l'un et l'autre connaissaient déjà. La salle où ils pénétrèrent était immense. Ils se placèrent où ils voulurent et choisirent une rangée de stalles dont chacune avait une capacité de six places. Il n'y avait qu'une poignée de spectateurs disséminés dans ce gigantesque hall froid comme une salle de congrès. Le programme débuta par le film, après qu'eussent été projetés des cartons publicitaires célébrant les mérites de quelques ensembliers et concessionnaires de voitures bernois.

Le film était doublé en allemand, avec, curieusement, des sous-titres français et anglais qui occupaient le dernier quart de l'image.

Au bout d'un moment, Catherine réprima mal des bâillements et demanda à Richard s'il appréciait le spectacle. Il convint que non et tous deux décidèrent de partir. Le son résonnait comme dans une cathédrale, accentuant l'impression d'immensité déserte du formidable local. Ce Gregory Peck qui parlait allemand leur paraissait grotesque. Elle se leva la première, repoussant sa chaise du genou pour sortir. Richard eut une impulsion, comme la veille, lorsqu'elle se tenait sur un siège dans sa chambre. Il coula sa main sous les jupes de sa compagne. Il l'insinua brutalement entre la chair molle des cuisses jusqu'au foisonnement qui le tourmentait. Elle lui saisit le poignet pour le repousser.

— Non, laissez ! supplia-t-il.

Elle cessa de refouler cette main de soudard qui la parcourait, sans toutefois lâcher le poignet de Richard. Il tira sur l'étoffe soyeuse du slip, s'insinua. Elle ne savait quelle posture adopter et restait droite dans la stalle, prenant appui sur la main courante gainée de gros velours grenat. Richard sentit fulgurer le désir en lui et il eut besoin de la prendre sans plus attendre. De sa main libre, il dégagea son sexe tendu. Il lui aurait fait l'amour à l'instant, debout contre la mince cloison séparant ce compartiment du compartiment suivant. Mais elle comprit son dessein et eut une sorte de cri de refus.

— Non, non ! fit Catherine, affolée.

Il retira sa main de la toison luxuriante, et la força à se rasseoir. Elle obéit. Comme auparavant, elle avait écarté sa chaise pour partir, elle se trouvait éloignée de lui. Richard tomba à genoux devant elle et, frénétiquement, voulut la forcer d'ouvrir les jambes ; mais elle les tenait serrées et il eut beau s'employer, il ne parvint pas à les lui écarter. Ses efforts neutralisèrent son appétit sexuel. Au bout d'un instant, il cessa de la tourmenter et se rajusta.

— Bon, on s'en va ? fit-il, mi-rageur, mi-déçu.

Elle le suivit. Il se comporta en butor, avançant à grands pas vers la sortie, sans s'occuper d'elle, ni même lui tenir la porte battante du hall.

Dans la rue, le soleil les fit cligner des yeux.

— Vous m'en voulez, n'est-ce pas ? murmura-t-elle.

Il la regarda. Elle lui fit tout à coup horreur. Loin de subir encore les ondes de son désir, il ressentait une espèce d'effroi à la pensée qu'il aurait pu enfoncer son sexe dans celui de cette espèce de cheftaine vieillissante et sans grâce.

— Non, fit-il, au contraire.

Elle parut comprendre, eut un sourire désenchanté. Ils

72

se mirent en route, sans but. Une certaine animation régnait dans le centre de la capitale fédérale. Des tramways passaient en se dandinant et des agents de police guindés réglementaient le trafic avec des gestes de robots.

Une confuse lassitude leur vint. Ils avançaient à travers la ville sans s'y intéresser, ni les fontaines, ni les enseignes ne les tentaient ; malgré tout, ils n'étaient pas pressés de rentrer, sans doute parce que la grande demeure de feu Zimner leur paraissait rébarbative.

— Il vous faisait pourtant l'amour, votre mari ? finit-il par demander.

— Pratiquement plus.

— Pratiquement, ça veut dire que la chose arrivait quelquefois tout de même, non ?

— Oui.

— Et ça vous prenait comment, ces fantaisies ?

— Parfois, le soir, après un dîner bien arrosé. Quelle importance ?

— Je cherche à comprendre. Vous êtes sûre de ne pas aimer les femmes ?

La chose parut l'amuser, elle sourit.

— Certaine ; pourquoi, je fais lesbienne ?

— Assez, oui. Et même beaucoup.

— Eh bien non, vous voyez, je ne le suis pas et n'ai jamais envisagé de l'être.

— En somme, vous êtes frigide, quoi ?

— Je ne sais pas. Pourquoi vous préoccuper de ça ?

Il haussa les épaules. Et alors il ne sut pas ce qui lui arrivait : il se mit à pleurer. C'était la première fois de sa vie qu'une telle réaction s'opérait en lui, si soudaine. Il ne pouvait se retenir. Les nerfs. Cela craquait dans son âme. Une espèce de rupture profonde. Il aurait donné n'importe quoi pour se retrouver chez son père, dans sa chambre de jeune homme dont il savait les odeurs les plus ténues, le grain des meubles et du papier qui la tapissait. Il se réfugia sous un porche pour cacher son chagrin aux passants. Catherine l'y rejoignit et le regarda pleurer en silence. Il était trop tôt pour parler. Elle savait que le gros de la peine devait s'en aller de lui-même, sans assistance. Ses larmes giclaient de ses yeux, comme le sang de certaines coupures. Sa poitrine était secouée de grands spasmes incontrôlables. A la fin, il essuya ses yeux avec ses poings, ainsi que le font les marmots et il parut infiniment jeune et grêle à Catherine.

— C'est les nerfs, dit-elle.

Il opina. Quand il put parler, il déclara que « tout ça était idiot ». Elle assura que « mais non ». Et puis ils continuèrent leur promenade creuse dans Berne. Des ramoneurs habillés de noir et coiffés de gibus, selon la tradition helvétique, débarquaient leur matériel d'une vieille Volkswagen noire toute cabossée. Le spectacle insolite les amusa, d'autant que les ramoneurs étaient jeunes et blonds et qu'on les devinait très beaux sous leur suie.

Ils rentrèrent à pied et parvinrent fourbus à la maison. Celle-ci était d'une propreté rigoureuse et sentait le désodorisant citronné. La vieille voisine avait regagné son logis avec sa femme de ménage italienne.

Richard s'en fut rejoindre sa guitare et en joua jusqu'à l'heure du dîner. L'instrument acheva de le vider de son vague à l'âme. Il était tout à fait rasséréné lorsque Catherine l'appela pour se mettre à table.

Ce fut pendant qu'il descendait l'escalier que le téléphone sonna.

Et cette sonnerie, inexplicablement, lui fit peur.

IX

Catherine avait une curieuse façon de tenir l'écouteur, tout en conservant les bras croisés.

— Parlez-vous français ? demanda-t-elle.

La standardiste dut s'exécuter, car aussitôt, l'expression crispée de Catherine se relâcha.

— Ah bon, merci...

Richard l'interrogea du regard.

— Paris, fit-elle, laconiquement.

Il hocha la tête. Quelque chose le poignait, qu'il ne pouvait s'expliquer. C'était douloureux comme l'attente de résultats importants.

Il se produisit un crachotement dans l'appareil. Aussitôt, les yeux de la femme s'assombrirent. Ils s'assombrissaient réellement, de bleu pâle viraient au bleu marine.

— Ah ! bonjour, petite...

Elle écoutait, tendue, et Richard ne put s'empêcher de lui trouver une expression dangereuse.

— Comment ?...

Elle devait réfléchir très vite, analyser immédiatement les phrases qui lui étaient débitées. On la devinait sur le qui-vive. Tapie dans une vigilance quasi féroce, qui rappelait la garde tendue de ces combattants asiatiques assurant le succès de certains films d'action. Elle écoutait en paraissant observer. Et cependant son regard ne fixait que le vide.

— Eh bien, passez-le-moi, en ce cas...

Du temps. Elle écoutait avec sans cesse plus d'âpreté, plus de férocité, même.

— Comment cela, il refuse ? Qu'est-ce que c'est que cette histoire ? D'abord, il ressemble à quoi, cet homme ? Pardon ?... Vous me rappellerez après ? Bien sûr, mais il doit préciser ce qu'il veut. En voilà des façons ! Passez-le-moi, bon Dieu !

Richard eut la certitude que Catherine prenait peur. Son énervement se glaçait lentement pour faire place à l'inquiétude. Un tic lui venait, qui relevait spasmodiquement le coin de sa lèvre gauche.

— Bon, alors qu'il s'en aille ! Attendez... Attendez... Ne lui donnez pas mon adresse ici, surtout. Raccrochez et filez à la porte ; une fois sur le palier, s'il refuse de s'en aller, demandez de l'aide. Vous me suivez ? Restez calme. Dès qu'il sera parti, vous me rappellerez. C'est sûrement un mauvais plaisant...

Il y eut un clic, puis la tonalité filante qui se mit à siffler de façon continue.

— Insensé ! déclara Catherine en raccrochant.

— Que se passe-t-il ? bredouilla Richard.

— Un type s'est présenté à mon domicile et a déclaré à ma femme de chambre qu'il devait me joindre dans les plus brefs délais, qu'il s'agissait d'une question vitale. Cette gourde s'est dépêchée de m'appeler, mais il n'a pas voulu prendre l'appareil pour me parler... Que pensez-vous de ça ?

Richard considéra la rue rassurante, avec ses façades majestueuses, sa rangée d'arbres sagement taillés. Ce calme tableau lui procura un sentiment de sécurité qu'il éprouva le besoin de communiquer à sa compagne.

— On est bien, ici, non ?

Elle marqua une vague surprise, puis réalisa le sens profond de la remarque et se détendit.

— Un fou, non ? demanda-t-elle.

— Probablement. Sans doute s'agit-il d'un représentant qui s'amuse à tourmenter votre bonne. Elle n'a pas l'air fufute...

— On va avoir des précisions, fit Catherine.

Ils attendirent l'appel de Paris. La soubrette des Zimner ignorait qu'on pût composer manuellement le numéro, depuis la France et se perdait dans des standards surchargés.

Richard s'assit sur la dernière marche de l'escalier. Catherine pêcha sa cigarette éteinte dans un cendrier et la ralluma nerveusement.

— Parce que, enfin, ça pourrait être quoi ? demanda-t-elle carrément.

— Que voulez-vous que cela soit ?

Elle souffla sa fumée avec une telle vigueur qu'un court instant, le filet demeura horizontal.

— Je pensais à...

— Je m'en doute, mais vous n'avez rien à redouter d'un inconnu. Les rapports de police et d'assurance ont été parfaitement clairs et ne laissent subsister aucune équivoque. D'ailleurs, ce dingue n'appartient pas à la police non plus qu'à la compagnie d'assurance, sinon il l'aurait précisé à votre bonniche.

Ils se turent. Des minutes interminables s'écoulèrent. Catherine consultait sa montre à tout bout de champ.

— J'espère qu'il n'est rien arrivé de fâcheux, soupira-t-elle.

— Appelez, vous verrez bien, pourquoi attendre ?

Elle ne se rappelait pas les chiffres à composer pour obtenir la France, dut les demander aux renseignements à une préposée qui parlait mal français.

Quand enfin elle parvint à composer son numéro parisien, elle n'obtint que la sonnerie « occupée ».

— Cela prouve qu'elle est en train de vous demander, déclara le jeune homme.

Chose curieuse, c'était lui qui venait de prendre le

contrôle de la situation, grâce à son calme. Brusquement, cette femme autoritaire lui obéissait avec une docilité d'enfant sage.

Ils patientèrent encore, près de l'appareil et enfin la sonnerie tant espérée retentit.

En Suisse, il n'existe pas d'écouteur annexe. Richard, sans demander la permission à son hôtesse, vint coller son oreille contre l'écouteur pour capter lui aussi la conversation.

La voix était enrouée, hachée de petits sanglots inaboutis :

— Allô ! Madame ? Madame ?

— Oui, c'est moi, jeta rudement Catherine. Alors ? Il est parti ?

— Oui, Madame...

Et l'autre se mit à pleurer.

— Mais ne chialez donc pas, idiote ! s'emporta Catherine.

Richard la calma d'un geste.

— Il n'a pas fait de difficultés pour partir ? questionna-t-elle d'un ton plus mesuré.

— Non.

— Bon, reprenez vos esprits et racontez-moi clairement ce qui s'est passé.

— Je vais essayer. Ben voilà, il y a eu un coup de sonnette. J'ai cru que c'était la concierge qui montait le courrier du soir. Il arrive encore plein de lettres de condoléances.

Elle devait en décacheter à la vapeur et les lire pour tromper sa solitude.

— A quoi ressemble-t-il, votre bonhomme ?

— Ben... rien, quoi. Normal. Il est encore jeune. Blond, très chauve, avec une couronne de cheveux frisés. Il a le teint un peu rose. Et il n'a pas cessé de sourire pendant tout le temps qu'il est resté.

— Il était bien mis ?

— Il portait un imperméable boutonné du haut en

bas, clair mais sale, fatigué, quoi, si Madame voit ce que je veux dire.

— Ensuite ?

— Il a demandé après vous. Je lui ai dit que vous étiez en Suisse. « Je sais », il m'a répondu.

Catherine tressaillit.

— Il savait ?

— C'est ce qu'il m'a dit.

— Et alors ?

— Il m'a demandé votre adresse, comme quoi ça urgeait terriblement, qu'il devait vous joindre très très vite, que c'était vital.

— Vital ?

— C'est le mot qu'il a employé, oui, Madame.

— Et qu'avez-vous répondu ?

— Que je ne pouvais pas la communiquer, que j'avais des ordres très précis à ce propos. Mais devant son insistance, j'ai fini par lui dire que j'allais vous appeler.

— Donc, il vous a entendu demander mon numéro ?

— Eh bien... Je pense que oui, car il était près de moi. Lorsque vous m'avez dit de vous le passer, il a secoué la tête : « Je veux lui parler, mais entre quatre z'yeux », m'a-t-il dit. Et il n'a pas fait un geste pour prendre l'appareil. Au contraire, il a mis ses mains dans les poches de son imperméable.

— Avant de me téléphoner, je suppose que vous lui avez demandé qui il était et ce qu'il me voulait ?

— Bien sûr, Madame. Mais il a répondu que son nom n'avait aucune importance et qu'il vous dirait en personne ce qu'il avait à vous dire.

Catherine se tourna vers Richard. Le mouvement ôta le combiné de l'oreille du jeune homme.

Il lut l'angoisse sur le visage fatigué de la femme. Lâchement, il se dit qu'il n'était pas concerné par l'incident, ce qui le sécurisa.

Catherine murmura :

— Et cela s'est terminé comment ?

— Plutôt bien, il n'a pas fait la moindre histoire. J'ai raccroché en lui disant que vous ne vouliez pas le voir. Il a seulement murmuré « Tant pis » et il est allé de lui-même à la porte.

Comme Catherine gardait le silence, la domestique murmura :

— J'espère qu'il ne reviendra pas.

— Il ne reviendra pas, promit sa patronne. Vous deviez partir en vacances la semaine prochaine, n'est-ce pas, petite ?

— Oui, Madame.

— Si vous voulez les avancer, vous pouvez.

— Merci, Madame.

Ce fut tout. Catherine raccrocha sans autre prise de congé.

— Cette histoire m'agace, dit-elle à Richard.

Le garçon hocha la tête.

— Il n'y a franchement pas de quoi.

— Vous croyez ?

— Enfin, que voulez-vous que ce type fasse contre vous ? Ecoutez, Catherine...

Il se racla la gorge.

— Je vous ai menti, l'autre fois : le fameux soir de l'accident, je n'avais rien vu. Personne ne pouvait rien voir. J'ai deviné seulement, et si j'ai prétendu avoir vu la scène, c'était pour vous dissuader de nier. Personne n'a rien pu voir. Donc, pas de problème !

Elle fut sensible au réconfort qu'il lui proposait et se décrispa.

Ils passèrent à table, burent beaucoup et oublièrent l'incident. Richard s'endormit rapidement et il ignora cette nuit-là si Mme Zimner vidait ou non des flacons de Chivas. Le lendemain fut une longue journée pluvieuse, déprimante. Richard alla à la gare acheter des revues et des livres français. Ils usèrent le temps séparément, chacun enfermé dans sa chambre. Richard essaya de composer, mais sa guitare lui fut hostile.

Quant à Catherine, elle avait entrepris de recenser les meubles, tapis et bibelots de la grande maison et se donna à cette tâche avec application.

Les deux femmes de ménage s'activèrent, comme la veille, avec le même acharnement silencieux de fourmis zélées.

Elles procédaient de manière rationnelle, commençaient leur opération d'encaustiquage par le bas, gagnant ensuite les étages. Elles parlaient peu et brièvement, juste pour régler l'ordonnance de leur besogne. Richard louchait parfois sur les fesses de l'Italienne, car sa chasteté lui pesait. Mais la fille ne le tentait pas vraiment et, d'ailleurs, paraissait étrangère aux choses du sexe. Il songeait qu'une telle situation ne pouvait se prolonger indéfiniment, qu'il lui faudrait, dans un avenir proche, s'arracher à la torpeur bizarre de son existence actuelle pour se remettre à vivre une vie mieux adaptée à son âge.

L'homme n'arriva que le surlendemain.

Il était bien tel que la femme de chambre de Catherine l'avait décrit : chauve, avec une couronne de cheveux très blonds et très frisés, le teint rose pâle, le sourire aux lèvres, le regard à la fois affable et goguenard. Il était d'assez petite taille, mais bien prise, sanglé dans un imperméable à épaulettes dont les boutons de faux cuir pendouillaient comme des grelots.

Ils ne l'entendirent pas arriver. Quand il pénétra dans le hall, eux-mêmes se trouvaient dans le grand salon, occupés à décrocher une immense toile au pompiérisme cauchemaresque. Ils avaient décidé que le tableau gâtait l'ambiance de la pièce et qu'il convenait de l'évacuer dans une bibliothèque contiguë où ils ne se rendaient jamais car les ouvrages qui la tapissaient étaient allemands et leur donnaient une sensation d'exil. Ce fut Catherine qui aperçut le visiteur en premier. Elle resta coite, l'angle du tableau creusant son ventre. Richard se retourna. Il eut instantanément un froid horrible par tout le corps et son cœur lui fit très mal.

— Je vous prie de m'excuser, dit l'arrivant.

Il s'avança dans l'encadrement de la double porte, s'inclina légèrement.

— Je peux vous aider ? demanda-t-il en montrant le tableau. Il m'a l'air bien lourd pour vous, madame Zimner.

Sa voix était plutôt agréable, chaude et enjouée ; elle correspondait bien à son regard vif, à son sourire.

Avant que les deux autres n'eussent réagi, il venait à la rescousse, suppléait Catherine en assumant la charge de son côté.

— Où le portez-vous ? demanda-t-il.

Et c'était d'une lugubre cocasserie, cet homme inconnu qui les aidait à déménager avant de s'être présenté.

Richard bredouilla lamentablement :

— La pièce d'à côté.

Ses jambes flageolaient. Il eut toutes les peines du monde à gagner, à reculons, la bibliothèque. Il n'apercevait qu'une moitié du visage de l'homme. Et celle-ci rougissait, devenait pourpre sous l'effort.

Ils déposèrent l'horrible tableau contre des rayons bourrés d'ouvrages aux titres rédigés en écriture gothique. Lorsque ce fut fait, l'homme regarda ses mains, constata qu'elles étaient nettes.

— Il n'y a qu'en Suisse qu'on peut manipuler des tableaux sans se dégueulasser les doigts, dit-il.

Il déboutonna lentement son imperméable. Il portait, en dessous, un méchant costume marron qui paraissait trop ample pour lui, comme si le vêtement lui avait été donné par un ami mieux charpenté.

Quand ce fut fait, il poussa un grand soupir, et porta sa main droite à sa poitrine.

— Je suis ému, déclara-t-il, c'est la première fois que je fais du chantage.

Là-dessus, il s'assit sans y être invité.

X

Richard se demandait confusément si cette scène baroque appartenait bien aux réalités qui l'entouraient. Il regardait l'homme, puis Catherine, attendant quelque éclat de rire libératoire de l'un ou de l'autre.

Un rêve... Quand il lisait, dans un roman, que le héros « croyait être l'objet d'un rêve », la formule lui paraissait puérile. Un cliché... Et voilà qu'il ressentait cette impression de naviguer dans du flou.

L'arrivant se mit à fouiller la poche intérieure de son imperméable. Il en ramena une enveloppe de papier kraft dont il s'éventa d'un geste badin.

— Il faut que je vous explique, dit-il.

Il prenait son temps. Peut-être était-il réellement ému, ainsi qu'il l'affirmait ? Peut-être forçait-il son talent pour interpréter un rôle dûment préparé et répété ?

— Je m'appelle Etienne Blanchard, déclara-t-il. Je suis d'origine modeste. Mes études se limitent à deux échecs au bac. J'ai commencé à travailler dans une banque, mais je m'y ennuyais, je trouvais mes chefs imbéciles et les chiffres me flanquaient le cafard. Au bout de huit mois, j'ai lâché pour me consacrer à la photographie, mon dada de toujours. Seulement c'est une branche encombrée. Tant de gens se prennent pour des champions de la pellicule ! Une expression bien saisie, un flou artistique, et ils croient damer le pion à Isis. A force d'obstination et de vache enragée, je suis parvenu à travailler pour quelques journaux, en qualité de pigiste. Je faisais les saisons dans les stations huppées pour flasher des vedettes ou des grands de ce monde en cours de relaxation. J'ai obtenu quelques résultats, pas de quoi se pavaner, mais enfin je vis. Un certain soir d'il y a pas longtemps, j'ai tenté de réussir une petite performance. Ecoutez bien, c'est là que ça va devenir intéressant pour vous.

Etienne Blanchard se mit à curer ses ongles douteux avec un coin de l'enveloppe. Il paraissait satisfait de sa prestation ; le trac l'avait quitté. Il tenait son auditoire à merci.

— Sans doute vous rappelez-vous l'expérience spatiale russo-américaine ? reprit l'homme à l'imperméable. L'on annonça que les fusées passeraient dans le ciel de France au cours de la nuit et qu'elles seraient visibles depuis Paris. L'idée me vint de leur tirer le portrait, à ces belles de nuit. Je ne comptais pas trop sur le résultat, notez, mais mon job est plein de surprises. A vrai dire, il n'est fait que de ça : des surprises bonnes ou mauvaises. Bref, je me mis à l'affût, à la fenêtre de mon pavillon, appareil en batterie, équipé de pellicule ultrasensible. C'est alors que, pile devant chez moi, se produisit un accident. Une petite voiture en percuta une grosse. Et ce fut dans la grosse qu'il y eut mort d'homme, n'est-ce pas, madame Zimner ? Chez nous, le réflexe est fulgurant. Dès lors qu'il se passe quelque chose, je prend des photos. Plus par désœuvrement que par conscience professionnelle, notez, car je croyais ce télescopage sans gravité au moment où j'appuyai sur le déclencheur de mon Nikon. Et puis, au développement, j'eus des surprises.

Il ouvrit l'enveloppe, en sortit trois photographies. Il brandit la première sous les yeux consternés du couple.

— Plan général. Les deux bagnoles imbriquées. Rien

de particulier à signaler, simplement, le décor est planté. Le lampadaire électrique du coin a été providentiel pour moi Sans lui et ma pelloche extra-sensible, je passais à côté d'une magnifique affaire.

Il reposa le premier cliché pour s'emparer du second.

— Gros plan sur la bagnole télescopée. Regardez-la attentivement : on distingue l'intérieur. Oh, naturellement, ça n'est pas très net, mais sur le troisième cliché que voici, et qui est un agrandissement de la partie intéressante du second, on vous voit nettement en train de faire le coup du lapin à votre bonhomme, chère madame. Flou, certes. Très flou, un peu comme ces photos d'ectoplasme dans les revues de spiritisme, mais éloquent. Vous dire ma stupeur, au développement ! J'ai cru que vous embrassiez votre mari. Je suis crédule, non ? Seulement, après mes « clic-clic », je me suis porté sur les lieux : assistance à personnes en danger, c'est dans ma nature. Je vous ai vue, soi-disant coincée dans le fond de la bagnole. Plus tard, devant mes jolies épreuves, je me suis mis à réfléchir... Et comme je suis un gars qui pense, j'ai fini par les interpréter. Bon, je gamberge pendant plusieurs jours. Et puis je m'occupe de savoir qui vous êtes. Logique ? Je me rends chez vous avant-hier. La suite, vous connaissez, pas vrai ? Mais le plus beau, c'est hier. Car je suis ici depuis hier, figurez-vous. Embusqué dans ma bagnole, à surveiller la masure. Qui aperçois-je ? Ce beau jeune homme. Et comme je suis physionomiste, étant photographe, je reconnais l'auteur de l'accident. Un vrai velours, dites... Je me dis : « Mon petit Etienne, tu tiens là un morceau de roi. A toi de savoir le déguster. » Pour le coup, j'ai bien mitonné mon affaire. Alors, me voici.

Il éclata d'un rire qui sonnait faux et déposa les trois photographies sur un guéridon qui se trouvait à portée de sa main.

— Cadeau ! annonça Blanchard. J'en ai d'autres.

Jusqu'alors, depuis son intrusion, ni Catherine ni

Richard n'avaient proféré le moindre mot.

Il écoutaient, l'air absent, étourdis par la stupeur et la détresse. Ils comprenaient que tout venait de s'effondrer et qu'ils auraient pour destin, désormais, les caprices d'un maître chanteur.

— Je suis là, je parle, je parle, pouffa Blanchard, et vous n'avez encore rien dit. J'aimerais bien entendre vos voix.

Son ricanement parut arracher Catherine à sa méditation. Elle regarda autour d'elle d'un œil anxieux, avisa deux sabres de cavalerie, en croix, sur un écusson de bois peint et, d'une démarche automatique, s'en fut décrocher l'une des deux armes.

Le sourire de Blanchard s'éteignit.

— Hé ! dites, pas de folie ! s'écria-t-il. Vous comprenez bien que je ne suis pas venu ici sans avoir pris les précautions d'usage.

Elle parut ne pas l'entendre et continua de marcher sur lui, la lame du sabre pointée.

— Fous le camp, ordure ! gronda-t-elle. Fous le camp, sinon je t'enfonce ça dans la gorge !

Blanchard s'affola. Son visage rose se vida et l'homme à l'imperméable se mit à galoper vers la sortie. Parvenu dans le hall, il se retourna et jeta haineusement :

— Vous avez tort de le prendre comme ça, la mère, vous allez le regretter !

Il dévala le perron, courut jusqu'à la rue. Ils le virent s'engouffrer dans une petite Renault fatiguée, de couleur grise. Il démarra si rapidement qu'il cala. Son moteur eut du mal à repartir.

— Nous voilà dans de sales draps, non ? fit Catherine.

Elle paraissait avoir récupéré complètement. Sa peur l'avait quittée ; elle n'était plus maintenant que soucieuse.

Richard ramassa les photographies pour les examiner de près. Le gredin ne les bluffait pas, il s'agissait vraiment de clichés originaux, pris sur le vif.

— C'est moche, dit-il. Il ne manquait plus que ça !

Dans le fond de lui-même, il n'était pas surpris. Depuis le début, son instinct lui prédisait des catastrophes.

Ce meurtre lui avait paru trop simple. Trop simpliste, même. Il savait combien les choses sont délibérément compliquées. A présent, il regrettait d'avoir suivi Catherine en Suisse. Sa lâcheté reprenait le dessus.

— Je crois que le plus simple, c'est que vous fichiez le camp, assura-t-elle.

La proposition qui allait dans ses vues lui redonna conscience de sa dignité. Richard secoua la tête.

— Oh, maintenant, il est trop tard, puisqu'il m'a reconnu. Vous avez eu tort de le chasser de la sorte, c'est un petit fumier capable de tout.

— Je ne vais tout de même pas subir les exigences de ce vilain coco ! s'exclama Catherine avec rage. Ce n'est pas dans mon tempérament. Qu'il me dénonce s'il le veut : il n'obtiendra rien de moi.

— S'il dit tout, avec de tels clichés à l'appui, vous serez inculpée, et moi aussi.

— Nous sommes en Suisse. Je suis suisse par mon mariage avec Zimner, ici, je ne crains rien.

— En êtes-vous tellement certaine ?

Il devinait seulement maintenant qu'elle était venue en Suisse pour s'y mettre à l'abri des éventuelles retombées de son acte. Par prudence...

— A peu près. Par ailleurs, l'essentiel des biens de mon mari est ici, sous des comptes numéro dont je possède la signature. Seulement, il y a vous...

Elle le regarda avec une certaine tendresse, eut un élan pour lui caresser le menton du bout des doigts.

— Il y a vous, répéta Catherine.

Ses yeux reflétaient il ne savait quel âcre sentiment, farouche, maternel.

Catherine alla chercher une bouteille de Chivas et deux verres. Il sut qu'elle boirait cette nuit-là et ne put s'en indigner. Elle servit deux copieuses rations d'alcool, lui présenta un verre qu'il vida d'un trait.

— Nous ne devons pas nous affoler, déclara-t-elle. Rien n'est grave. Après tout, ce petit voyou n'est qu'un homme...

La sonnerie du téléphone les fit bondir. Il lut dans le regard de Catherine qu'elle souhaitait le voir répondre et il s'en fut décrocher, certain que c'était Etienne Blanchard qui appelait.

C'était lui, en effet.

— Lempleur ?

Donc, l'autre connaissait son nom. Il avait constitué son « dossier », minutieusement.

— Oui.

— Ne me raccrochez pas au nez, sinon ça chiera.

— Je ne vais pas raccrocher.

— Bon. La vieille ne va pas piquer sa crise et le faire pour vous, j'espère ?

— Non.

L'autre respirait avec force, par le nez. Amplifié par l'appareil, ce vilain bruit de respiration évoquait le souffle brutal d'une bête. Richard sentit que son interlocuteur était fébrile, anxieux. Un néophyte. Le type à l'imperméable s'engageait dans les voies sinistres du chantage à cause d'une situation d'exception, surgie inopinément dans sa vie, et dont il avait décidé de tirer profit coûte que coûte. Parce que, justement, il se comportait en amateur, il ne les lâcherait pas.

— Vous me paraissez pas con, poursuivit Blanchard. Alors, je dois vous expliquer. Ma femme était une camarade d'enfance. Je l'aimais, il n'existait qu'elle au monde, pour moi, et elle m'a quitté.

Malgré la froideur de la voix, on percevait nettement le profond désarroi de l'homme. Etienne Blanchard avait l'âme en peine.

— Ceci simplement pour vous expliquer que, désormais, la vie est devenue autre chose pour moi. Je l'emmerde, la vie, comprenez-vous ? De ce fait, je peux me permettre de tout lui demander. Je ne reculerai devant rien. Il est essentiel que vous en soyez très conscients, tous les deux. Que vous ne caressiez pas d'espoirs vains, comme on dit dans les livres. J'irai jusqu'au bout. Et sans la moindre objection de conscience, car vous êtes deux assassins. Afin de bien vous annoncer la couleur, je vais prendre des mesures de représailles pour punir la vieille de sa vilaine réaction.

— Quelles mesures ? demanda impulsivement Richard.

— Chut ! Surprise... Surtout, ne vous avisez pas de foutre le camp, ça précipiterait les choses. Après cet avertissement, je reprendrai contact avec vous et alors on essaiera d'y voir plus clair dans tout ça. Allez, salut !

Il raccrocha sèchement.

— Alors ? demanda Catherine, après que Richard en eut fait autant.

Le jeune homme fit la moue.

— Ce bonhomme ne tourne pas très rond.

— Un fou ?

— Non : un excessif blessé. C'est un raté conscient. Rien ne l'arrêtera.

*
* *

Le reste de la journée fut angoissant et morne comme le temps passé dans une maison dont l'un des occupants agonise. Ils parlèrent peu, n'eurent aucune activité. Ils burent passablement. Le soir venu, Richard était à peu près ivre. Il ne voulut pas dîner et s'en fut se coucher misérablement. Il regrettait Arlette et son moutard qui sentait le lait aigre. Il s'endormit d'un sommeil de brute. Une nausée l'éveilla, quelques heures plus tard. Il crut qu'il allait vomir et courut à la salle de bain, mais son mal de cœur s'atténua lorsqu'il fut à la verticale.

Un léger mal de crâne battait à ses tempes et il avait la gueule de bois. Il descendit à la cuisine pour y boire de l'eau gazeuse. Richard vida une bouteille d'Heiniez, par larges gorgées suivies de paliers. La boisson à ressort le rétablit. Il eut faim et dévora un reste de poulet froid. Il songeait au maître chanteur sans pouvoir se défendre d'une certaine pitié à son endroit. Blanchard n'était-il pas un « homme en misère » ? Un peu comme lui-même ? Un peu comme Catherine ? La chose frappait Richard : cette espèce de confuse similitude entre eux trois. Ce lien imperceptible de la détresse.

Il remonta se coucher, bien qu'il n'eût plus sommeil. Mais, en bas, la maison, de nuit, dégageait une certaine hostilité. Le haut se trouvait comme réchauffé par la présence de Catherine.

Il vit de la lumière sous sa porte. Tout était obscur lorsqu'il était descendu. Il s'approcha, toqua. Elle l'invita à entrer d'un ton épais qui pouvait provenir du sommeil.

C'était l'ivresse. Pas la cuite à mort du premier soir, mais une forte biture. D'ailleurs, la bouteille de scotch reposait sur l'oreiller, près de Catherine, droite. On eût dit une sorte de poupée.

— C'est moi qui vous ai réveillée ? demanda Richard.

— Peut-être, oui.

— Vous êtes soûle ?

— Pas exactement.

Il s'approcha du lit, saisit le flacon aux trois quarts vide et, dominant la répulsion que lui causait le breuvage, l'entonna.

— Y a pas de raison que je ne me beurre pas aussi, fit-il, en frissonnant de dégoût.

Et Richard lança la bouteille dans la chambre. Elle ne se brisa pas. Le garçon prit le bord du drap et le rabattit, découvrant Catherine. Elle ne portait qu'une veste de pyjama, comme un homme. D'instinct, elle serra les jambes. Il s'assit au pied du lit et se mit à contempler les cuisses de son hôtesse, la pilosité éperdue de son bas-ventre. Elle fixait le plafond. Il eut l'impression que Catherine se retenait de respirer pour ne pas crier. Dans le fond, cette bonne femme était plus farouche qu'une vierge. Sa pudeur éperdue excitait Richard. Il retrouvait l'envie de la prendre.

— Ouvrez vos jambes ! ordonna-t-il.

Elle ne broncha pas.

— Ouvrez vos jambes, quoi !

Et il lui vint cette curieuse supplique, presque enfantine :

— Il le faut !

Comme elle ne réagissait toujours pas, il quitta le lit pour, en trois mouvements, se débarrasser de son pyjama. Une fois nu, il remonta à la hauteur du visage de Catherine, vaguement empêtré dans son érection intense.

— Caressez-moi ! implora-t-il.

Elle porta la main au sexe de Richard. Une main sans passion. On eût dit que le fait de tenir cette virilité entre ses doigts ne lui causait aucun trouble.

La fureur du désir berné fit éclater Richard.

— Vous n'êtes qu'une vieille vache ! cria-t-il.

Il dégagea son sexe de la main quasi inerte de Catherine et se masturba avec rage au-dessus de son visage bouffi. Il eut une délivrance rapide qu'elle subit sans le moindre tressaillement. Et la souillure parut la défigurer.

XI

Il se réveilla beaucoup plus tard que d'habitude, ayant eu grand mal à trouver le sommeil. Ce furent les bruits, déjà familiers, des ménagères qui le tirèrent de l'inconscience. La vieille Bernoise et son employée italienne travaillaient toujours au même rythme efficace qui créait un bourdonnement assez bruyant.

La pendule de marbre de sa chambre indiquait dix heures. Richard s'étira et essaya de deviner le temps qu'il faisait à travers les cœurs percés dans les volets. Puis sa pensée plongea dans les souvenirs de la veille et il sentit son bien-être physique se racornir. Il eut honte de la scène nocturne, chez Catherine. Il n'éprouvait pas de remords de ses débordements sexuels car il possédait une certaine philosophie qui l'induisait à considérer comme normaux les délires de la chair, mais il se pardonnait mal d'avoir laissé libre cours aux siens avec une femme à peu près ivre morte. Cela relevait du sadisme.

Il se brossa les dents, enfila un peignoir de bain et descendit pour prendre son petit déjeuner. A l'époque d'Arlette, une tasse de café réchauffé lui suffisait, mais depuis qu'il prenait ses aises dans cette maison, il appréciait les breakfasts substantiels, le café frais, le lait crémeux, les toasts dégoulinants d'une confiture qui n'avait pas un arrière-goût de produit chimique. La Suisse était solide et probe jusque dans les moindres détails de la vie courante. On s'y sentait soutenu par des siècles de traditions inflexibles.

L'Italienne lui sourit. Elle fourbissait la pomme de cuivre de l'escalier. Richard lui caressa le bras, en passant, familièrement.

Il s'agissait d'un geste de copain, sans intentions précises, pourtant elle rougit. Le jeune homme songea qu'il la culbuterait à l'occasion. Elle ne lui inspirait aucun désir pour l'instant, mais cela pouvait venir, le désir n'étant après tout que l'idée qu'on s'en fait. Lorsqu'il avait rencontré Arlette enceinte, chez des amis, elle ne l'avait pas tenté. Et pourtant il avait pris un certain plaisir avec elle, par la suite.

Un murmure de voix le fit tressaillir. Cela provenait du salon. Il poussa la porte et avisa Catherine en conversation avec un grand homme blond habillé de gris. L'homme avait déposé sur le sol, près de son fauteuil, une serviette de cuir noir et son chapeau de feutre à bord étroit. Il se tenait de dos par rapport à Richard. Ce dernier fut frappé par la hauteur anormale de la tête du visiteur. « Une tête à impériale », songeat-il, à la nuque plate et large.

Catherine aperçut Richard.

— Justement, le voici, dit-elle. Venez, Richard !

Il entra. L'homme se retourna. Il avait un visage antipathique, avec des yeux très pâles et très froids, des sourcils si blonds qu'on les distinguait à peine et un long nez plongeant qui donnait à sa physionomie une expression de grande morosité.

— Monsieur appartient à la police des étrangers, expliqua-t-elle d'un ton rassurant. Il enquête sur les personnes qui viennent séjourner...

Le policier se dressa. Sa tête anormale parut formidable à Richard.

— Müller, se présenta le fonctionnaire.

De toute sa stature, il masquait Catherine qui, ayant perdu le contact avec Richard, cessa de parler.

Richard serra la main protocolaire qu'on lui tendait en bredouillant son nom en écho.

— Si vous voulez bien me présenter vos papiers, fit Müller, il s'agit d'une formalité nécessaire.

Il avait peu d'accent, marqué seulement sur certains mots. Ainsi il venait de prononcer « nessaire ».

Ses yeux ne quittaient pas le garçon. Richard lui sourit, sans parvenir à amadouer ce visage par principe hostile. Mais tous les flics du monde ne sont-ils pas embusqués derrière des figures de bois ?

Il remonta chercher ses papiers. L'autre prit des notes sur une sorte de petit registre à couverture de carton vert. Il avait une écriture germanique, penchée, aiguë. Il transcrivait les renseignements en allemand, et seule l'identité de Richard surnageait, parce que écrite laborieusement, lettre par lettre, dans ce texte qui lui échappait.

— Vous comptez séjourner combien de temps ici, mesieur ? (Il prononçait presque mésieur.)

— Eh bien...

— Quelques semaines, comme je vous l'ai dit, intervint Catherine. Mon neveu m'aide à m'installer.

— Vous devrez déposer vos papiers aux autorités cantonales, madame, si vous comptez résider définitement à Berne. Quant à mésieur, au cas où son séjour devrait se prolonger, il lui faudrait déposer une demande à nos services.

Il rendit les papiers, boucla sa serviette qui lui avait servi de pupitre et ramassa son chapeau.

— Eh bien, ce sera tout, assura le fonctionnaire.

Ils le raccompagnèrent en silence, ne sachant quel genre de conversation lui faire. Il partit sans leur serrer une nouvelle fois la main, après s'être coiffé de son chapeau ridicule qui accrut encore la disproportion de sa tête.

— Tous ces cons commencent à me fatiguer, soupira Catherine en allumant une cigarette.

Richard sursauta :

— Dois-je comprendre que je fais partie des cons en question ?

Elle eut un élan.

— Oh, non ! Surtout ne pensez pas une chose pareille. Je voulais parler de ce flic et du gugus d'hier. Ils me tapent sur les nerfs.

Il se dit qu'elle avait une façon assez décontractée de prendre les choses. Leur gravité lui échappait-elle ? Elle les traitait comme des tracas, alors que ce qui en découlerait pouvait devenir dramatique.

— L'un est la conséquence de l'autre, déclara le jeune homme.

— Vous pensez ?

— Naturellement. Il est clair que c'est Blanchard qui a alerté la police des étrangers à propos de notre présence ici. Son but est simple : faire enregistrer officiellement ma présence sous votre toit. Maintenant c'est chose acquise. Ses représailles n'auront pas traîné, en effet.

Il déjeuna sans grand appétit. Catherine lui beurrait des tartines qu'il grignotait du bout des dents. Ils ne firent aucune allusion à la visite qu'il lui avait rendue dans sa chambre.

— Ce saligaud va sûrement se remanifester, n'est-ce pas ? demanda Catherine.

— D'un moment à l'autre.

— Si nous fichions le camp en Italie ou ailleurs ? Plus loin : la Grèce, par exemple ?

— Ce ne serait pas de bonne politique. Il ne nous lâchera pas. Je pense que la seule conduite à adopter, c'est de lui donner satisfaction dans l'immédiat et de voir venir. Il ne faut pas le pousser à bout, croyez-moi. S'il s'agissait d'un professionnel, il saurait qu'en nous dénonçant il tuerait la poule aux œufs d'or et s'abstiendrait de le faire le plus longtemps possible. Lui, pas. Il agit au gré de son humeur.

— Si je chantais, il nous donnerait tout de même, affirma Catherine.

Richard opina :

— Je le pense aussi, et pourtant c'est le seul moyen de gagner du temps.

— Du temps ! Pour quoi faire ?

— Pour voir venir.

Malgré leurs prévisions, Blanchard n'appela pas ce jour-là, ni les jours qui suivirent.

Ils connurent une période d'anxiété qui leur mit les nerfs à vif. Pendant des jours, ils frémirent au moindre bruit. Une voiture qui stoppait dans la rue, un bruit de pas, la venue d'un livreur les commotionnaient. Et puis, ils réagirent. Au lieu de lorgner sur le téléphone muet, ils le fuirent. Un jour, ils prirent un car d'excursion qui les emmena au lac de Thun. Ils jouèrent aux touristes, en compagnie d'Allemands roses, de Belges coiffés de chapeaux de paille, de Français lestés de provisions. Ils crurent s'amuser, donnèrent du pain aux cygnes, admirèrent la Jungfrau étincelante dans le lointain, écoutèrent les flonflons d'un orchestre champêtre sur le bateau qui accomplissait le tour du lac. Ils regagnèrent Berne fatigués et contents, sans avoir pour autant oublié leur angoisse.

Ils ne doutaient pas que Blanchard réapparût un jour ou l'autre. En les laissant sans nouvelles, il savait qu'il leur communiquait une espèce de désir de lui. Car, à force de redouter un danger, l'on finit par le souhaiter.

Ils revinrent à leur idée du début et achetèrent une auto. Un cabriolet Mercedes, d'un gris distingué, que Richard pilota avec un vif plaisir. Ils visitèrent les environs de Berne, pour commencer, avant de se lancer à la découverte des lacs proches : celui de Bienne, de Neuchâtel et de Morat. Ils s'arrêtaient pour déjeuner dans des petits restaurants pimpants comme des pendulettes-coucou pour y déguster des filets de perche et de la viande des Grisons importée d'Amérique du Sud.

Ils aimaient l'ambiance paisible de ces établissements où tout brillait, sentait le propre, dégageait une impression de bonheur innocent. Richard trouvait plaisantes les sommelières à court tablier blanc, brodé, dont la poche ventrale contenait immanquablement un énorme porte-monnaie de cuir noir qui donnait vaguement l'impression qu'elles étaient enceintes. Il aimait voir les râteliers où s'alignaient, sur leur armature à manche de bois, les journaux de la région qu'un client allait décrocher, parfois, et qu'il lisait gravement, en le tenant devant lui comme un drapeau à hampe courte. Il trouvait attendrissants les nombreux écussons ou fanions décorant les murs. La Suisse était pleine d'un patriotisme endémique, qui semble faire partie de son folklore, mais qui, en réalité, assure la force de cette grande petite nation.

Ils s'étourdissaient de leur mieux, se comportaient comme un couple en voyage de noces, mais un couple qui ne connaîtrait pas l'amour. Ils n'échangeaient aucun regard troublé, ne se livraient à aucune démonstration d'une quelconque tendresse. Ils ignoraient les pressions de main, les mots appuyés, les silences riches de sous-entendus. Ils étaient bien ensemble, simplement, malgré leur tourment. Ils parlaient peu, et de sujets vagues. Chose curieuse, le danger créait entre eux un lien qui n'existait pas auparavant. Et ce lien était plus fort que celui né de leur complicité dans l'assassinat de Zimner.

Il y eut donc une période de semi-vacances. Richard ne toucha pas à sa guitare. Il ne se sentait plus la moindre inspiration. Par instants, la notion de son inutilité sociale l'atteignait durement. Il était un parasite sans remords. Déçu par lui-même, par son absence complète d'ambition, par sa veulerie face au futur. Il comprenait mal qu'en réalité il ne s'agissait pas à proprement parler de veulerie, mais plutôt d'indifférence.

Aucune perspective d'avenir ne le tentait. Il vivait pour vivre, comme un lapin dans son clapier, et c'est à peine si, par instants, des ardeurs physiques non assouvies lui donnaient la nostalgie confuse d'autre chose.

Et puis, par une belle fin d'après-midi dorée, alors qu'ils rentraient à la maison et que Richard manœuvrait pour garer la voiture, un gros taxi noir stoppa devant la grille. Un chauffeur empressé sortit deux grosses valises usagées du coffre, et Etienne Blanchard parut. Il portait toujours son même imperméable, que la température clémente ne justifiait pourtant pas.

Il s'avança vers eux en souriant :

— Salut, je tombe pile, on dirait ? Vous voulez bien me faire une petite avance sur ma rançon ? Vingt francs suffiront : je n'ai plus de quoi payer le taxi.

Catherine resta immobile, comme anéantie par l'arrivée de leur tourmenteur. Ce fut Richard qui tendit un billet bleu par la portière. Etienne Blanchard rafla la coupure d'un geste insouciant et s'en fut régler le chauffeur. Il dut lui laisser un pourboire inhabituel pour l'homme, car ce dernier s'attela entre les deux valises et les coltina jusqu'au perron.

— Que faites-vous ? interpella durement Catherine.

— Ben, vous voyez : j'arrive, dit Blanchard Tout mon petit bazar tient dans ces deux valises, et encore l'une d'elles ne contient que mon appareillage photographique.

Catherine demeura debout devant la grille.

— Vous arrivez !

— De Paris, où je suis retourné quelque temps pour régler mes affaires. Le terme est pompeux pour ce qu'il signifie, en fait j'ai réglé quelques factures de gaz et de téléphone et décommandé certains travaux. Maintenant je repars de zéro.

Il s'effaçait pour la laisser passer, comme s'il eût été le propriétaire et elle le visiteur, et la force muette de l'invite fit qu'elle avança en direction de la grande maison, d'une démarche hésitante de domestique venant répondre à une annonce.

— J'aime bien cette taule, fit Blanchard, c'est du costaud, et le jardin non plus ne fait pas purée. On peut appeler ça un parc, non ? Y a combien de mètres carrés ? Cinq, six mille ? Je comprends que vous soyez venue ici pour vous remettre de votre... veuvage.

— Que voulez-vous ? demanda-t-elle entre ses dents.

Il fit celui qui n'avait pas entendu.

— A deux, vous deviez vous sentir un peu paumés dans cette immense baraque, non ? Ça, c'est de la maison familiale. On imagine des gosses blonds se courant après sur les pelouses. Moi, ce que je trouve idiot, dans la vie, c'est que les choses, et même les gens, perdent leur signification d'origine au fil du temps. Il modifie tout, ce cochon-là.

Richard qui venait de remiser la Mercedes arriva près d'eux, les poings serrés. Une colère sourde le galvanisait et il se sentait plein d'un courage aveugle.

— Allez, arrivez, qu'on s'explique, fit-il en passant devant l'homme pour ouvrir la porte.

— Volontiers, dit Blanchard.

Il empoigna ses deux valises et escalada le perron sur les talons de Richard.

— Qu'est-ce que c'est que ces machins-là ? demanda Lempleur après qu'il eut ouvert la porte.

— Bé, mes valises.

— Pour quoi faire ?

— Je ne peux pourtant pas m'installer ici sans mes effets personnels ! gouailla Etienne Blanchard.

— Vous installer ici ?

— Mais oui.

Richard parut rêvasser un court instant. Puis, se décidant :

— Vous permettez ? fit-il en tendant les mains vers les poignées des bagages.

L'autre posa son double fardeau.

— Merci, c'est gentil.

Richard se saisit des valises. L'une d'elles était particulièrement lourde. Il leur imprima un léger mouvement de balancier, puis les jeta au bas des marches. Elles produisirent un bruit de quincaillerie malmenée.

— Mon matériel ! s'exclama Blanchard d'une voix blanche.

Mais il resta sur place. Son visage exprimait la haine dans ce qu'elle a de plus profond, de presque pathétique.

— Ça n'est pas comme ça, dit-il en secouant la tête, oh, non : ça n'est pas comme ça qu'il faut s'y prendre avec moi.

Il entra dans la maison le premier, passa directement au salon qu'il connaissait déjà et se laissa tomber dans un fauteuil. Puis il ôta ses chaussures et les lança à la diable en direction d'une commode chargée de bibelots anciens dont certains se fracassèrent.

Catherine ne marqua aucune réaction. Elle prit place en face de l'intrus, croisa ses jambes grasses et lui sourit.

— Bon, je vous écoute, invita Mme Zimmer.

— Avant tout, demandez à votre petit maque qu'il aille me chercher mes valises, ordonna Blanchard.

Catherine se tourna vers Richard. Richard s'assit résolument, et lui aussi croisa ses jambes pour bien marquer sa volonté d'inertie.

Blanchard opina :

— Oui... Eh bien, vous voyez, c'est pas ainsi que je concevais les choses. Nous allons droit au grabuge, mes enfants. Que vous ne le compreniez pas, voilà qui m'épate.

— Que désirez-vous ? murmura Catherine.

— Mes valises, pour commencer.

— Allez lui chercher ses valises, Richard ! dit la femme.

C'était un ordre.

Richard, par respect humain, tarda un peu, mais il céda et sortit.

Blanchard quitta son siège et s'approcha du fauteuil de Catherine. Il plaça ses deux mains sur chacun des accoudoirs et voulut poser ses lèvres sur celles de Catherine.

— Ah, non ! s'exclama-t-elle en se dégageant.

XII

Il vérifia que rien n'était détérioré dans la valise contenant son matériel : un enchevêtrement inextricable d'appareils photographiques, de cellules, de trépieds télescopiques, d'objectifs enfermés dans des espèces de bocaux, de bobines de toutes couleurs. Lorsqu'il fut rassuré, son optimisme de commande lui revint. Il sourit, épongea son front rose, et posa son imperméable dont l'intérieur semblait plus crasseux encore que la partie extérieure.

— Plus de peur que de mal, fit Etienne Blanchard, c'est que ça vaut du pognon, cette saloperie ! Bien, écoutez, parlons un peu...

— C'est ça, dit Richard, parlons.

Il se sentait rogue. Vaguement soulagé. La présence du photographe le dopait sans qu'il parvienne à s'expliquer pourquoi. Peut-être parce qu'il l'avait trop longtemps redoutée et que, comme toujours, la réalité se présentait sous des couleurs plus humaines que celles de l'appréhension ?

Il lui semblait pouvoir contrôler la situation, du moins la dominer, et son coup de rogne qui l'avait poussé à envoyer promener les bagages de Blanchard, tout à l'heure, le gonflait d'une satisfaction de faible qui, un instant, croit pouvoir inspirer la peur.

Il répéta :

— Parlons, nous vous écoutons.

Son interlocuteur paraissait menu dans son costume marron, trop large. Il avait dû beaucoup maigrir depuis qu'il avait fait l'emplette du vêtement. Les épaules tombaient, et le bouton central pointait au bout d'une poche flasque.

— Donc, dit-il, me voici en position de maître chanteur. Vous voyez : je n'ai pas peur des mots. C'est en les contrôlant, en les maîtrisant, qu'ils vous fournissent tout le concours qu'on peut espérer d'eux. Parfait, je dis : maître chanteur. Situation absolument nouvelle pour moi et à laquelle je n'aurais jamais songé. J'ai toujours été honnête, du moins ai-je toujours eu un comportement d'honnête homme, ce qui n'est déjà pas si mal. Cette fois, des circonstances fortuites me font sauter le pas. Je le saute gaillardement, sans crainte ni remords. Me voici disponible pour le chantage ; prêt, comprenez-vous ? Alors, je réfléchis, et je comprends ce qu'il n'y a pas de pas... viable, ordinairement, dans cette coupable industrie. Vous savez quoi ? Le chantage s'opère entre gens qui ne se connaissent pas, qui ignorent ce qu'ils ont à attendre les uns des autres. Ce qu'ils peuvent se demander et s'accorder ; la manière dont ils doivent mener leurs transactions ; bref : le climat de l'opération. Je suis en état de force parce que je détiens un secret qui peut ruiner vos deux existences. Il me suffirait de vous déclarer : « Voilà, j'exige tant pour la boucler. » Et vous céderiez. Mais c'est combien « tant » ? Hmmm ? Comment le saurais-je ? Au pif ? A l'estimation ? Ridicule. Je ne suis pas un gredin professionnel. Un vrai filou n'a pas d'états d'âme. Moi, je n'ai que ça. Donc, mon comportement doit différer. Je peux me permettre de m'adapter aux circonstances, comprenez-vous ? Ayant compris cette vérité, je me suis dit : avant de traiter avec ces gens, il convient que je les connaisse parfaitement et me fasse connaître d'eux. Lorsque nous saurons tout les uns des autres, les choses seront clarifiées ; elles seront simples et s'effectueront sans heurts.

Il se tut, s'épongea le front une fois encore.

Richard, en le voyant réitérer ce geste, alors qu'il ne faisait pas particulièrement chaud, pensa que l'homme était probablement malade. Il imaginait quelque affection pulmonaire chronique, de ces maux à petite fièvre qui plongent ceux qui en sont atteints dans une perpétuelle moiteur. Cette perspective accrut cette notion de l'ascendant qu'il croyait avoir pris sur Blanchard. Par opposition, il se sentit gonflé de forces saines.

— En somme, dit Catherine, en désignant les valises, vous comptez vous installer ici pour que nous liions connaissance. Vous préféreriez faire chanter des amis plutôt que des inconnus ?

— Voilà ! fit Etienne Blanchard, radieux. Vous m'avez parfaitement compris. Je pense, si je m'en réfère à nos premiers contacts et à l'idée qu'ils m'ont permis de me faire sur vous, je pense que vous êtes des gens à admettre ce genre de fantaisie.

Elle se leva.

— Venez choisir votre chambre, monsieur...

— Etienne Blanchard, s'empressa l'homme blond. Mais si vous pouviez m'appeler tout de suite par mon prénom, cela me ferait plaisir.

*
**

Chose curieuse, loin de les incommoder, la présence sous leur toit du maître chanteur leur apporta une espèce de soulagement. Ils se sentirent détendus. Cela tint à l'attitude de l'arrivant. Blanchard se montra discret et bien élevé. Il choisit deux pièces communicantes, au second étage mansardé, s'y installa comme s'il emménageait pour toujours, faisant de l'une sa chambre et de l'autre son atelier. Il se mit immédiatement à travailler, expliquant à ses hôtes contraints qu'il se passionnait pour la macrophotographie et qu'il comptait publier un album qui s'intitulerait *L'Ame des choses*. Il leur montrait la magie du grossissement excessif, leur découvrait l'univers inconnu de nous qui habite notre quotidien. Il photographiait un peu n'importe quoi : une feuille d'arbre, un mégot, une petite cuiller, un morceau de journal, un insecte, les choses les plus hétéroclites passaient sous son objectif. Il les développait avec fièvre, les agrandissait encore, obtenant d'étranges figures aux motifs mystérieux. Une aile de mouche devenait une somptueuse étoffe de brocart ; un morceau de sucre évoquait des sommets enneigés miroitant au soleil ; il créait une fantasmagorie d'images non identifiables, mais chatoyantes, qui vous donnait l'impression de pénétrer dans l'abstraction.

C'était beau et fort. Cela rejoignait l'art pictural et certaines photos de Blanchard captaient vos sens comme l'auraient fait les œuvres d'un peintre plein de dons et de hardiesse.

Blanchard se levait très tôt, il commençait sa journée dans le parc, exécutant quelques mouvements gymniques plutôt ridicules, puis allait se préparer du café qu'il buvait en solitaire dans sa chambre. Au repas, il attendait qu'on l'appelât pour descendre et se montrait un convive disert et joyeux. Il parlait beaucoup sans tomber dans le monologue du type qui s'écoute discourir. Ce qu'il disait amusait. Il fourmillait d'anecdotes et d'histoires cocasses. Il buvait peu, prenait avec componction des médicaments dont la répartition mobilisait toute son attention et à laquelle il procédait d'un air soucieux, comptant gravement ses gouttes et triant ses pilules multicolores. Richard lui demanda de quoi il souffrait.

— La caisse, répondit Etienne en se massant la poitrine, j'ai eu une vacherie et je dois prendre des précautions.

Il ne dit rien de plus sur la « vacherie » en question.

Le soir, il allait se coucher de bonne heure. Une

familiarité tranquille s'installait entre eux. Ainsi, à partir du troisième jour, au moment de prendre congé de Catherine, il posa rapidement un baiser sur son front en murmurant :

— Bonne nuit, la mère.

Et il dit cela si gentiment qu'elle ne s'en formalisa pas.

Bien qu'il eût gagné sa chambre de bonne heure, il tardait à se coucher, car Richard l'entendait aller et venir, des heures durant, au-dessus de sa tête. Ce piétinement menu empêchait le garçon de s'endormir. Ce fut probablement à cause de lui qu'il se mit à s'ennuyer, le soir venu.

XIII

La présence d'Etienne Blanchard ne l'incommodait pas, mais gâtait son intimité avec Catherine. Richard s'apercevait que Mme Zimner et lui venaient de passer des jours curieux, pleins d'un charme secret, assez indéfinissable, et maintenant, ce bien-être doux-amer avait cessé. Il se sentait pratiquement de trop. Il savait que cette situation se prolongerait longtemps. Qu'elle satisfaisait le photographe maître chanteur. C'était moins d'argent que d'une famille que Blanchard avait besoin. Seul, malade, il lui fallait de la société ; une société sur laquelle il pouvait exercer sa tutelle. Les circonstances, en lui donnant barre sur Catherine et Richard, suppléaient son manque de foyer. Il régnait par la peur au lieu de régner par droit patriarcal.

Le soir, Catherine s'était remise à boire. Richard allait visiter la chambre de leur hôtesse, furtivement, avant qu'elle n'y monte, et chacune de ses perquisitions lui permettait de découvrir des flacons de Chivas au fond d'un placard. Il ne trouvait plus le courage de s'en indigner, ni même de le lui reprocher. Simplement, cette constatation le navrait et augmentait son sentiment de solitude.

*

Ils achevaient le repas du soir, et Etienne les avait fait rire en leur racontant les sottises de la femme d'un haut personnage politique. Au-dehors, le jour ne se décidait pas à mourir et du soleil restait accroché aux frondaisons du parc.

Richard demanda soudain :

— Vous me permettez de prendre la voiture, Catherine ? J'ai envie d'aller faire un tour avant de me coucher.

Une certaine désapprobation se manifesta aussitôt dans l'expression de Mme Zimner.

— Faites, dit-elle malgré tout, mais à contrecœur.

Elle lui en voulait de la laisser seule avec Blanchard. Sans doute aussi de prendre quelque plaisir sans elle. La requête du garçon marquait un tournant dans leurs relations. Il s'arrachait à l'étrange cellule qu'ils formaient, tous trois, dans l'immense demeure rébarbative.

— On a envie de courir la gueuse ? plaisanta Blanchard.

Richard haussa les épaules et sortit.

Il aima aussitôt la solitude de la rue, la paix opulente et douillette des propriétés qui la bordaient. Des gens paisibles vivaient leur soirée, devant des téléviseurs ou autour d'une table de bridge. Certains profitaient de la clémence du soir, dans leurs jardins. Ils y dégustaient l'été, immobiles, et, n'eût été le rougeoiement des cigares, on aurait pu les prendre pour des statues de cire.

Les pneus de la Mercedes chassèrent sur les rails du tramway. Les fils noirs tissaient dans les carrefours une toile d'araignée géométrique. A cette heure, le trafic était nul, et de vastes perspectives désertes s'offraient, à peine troublées, çà et là, par le passage d'une auto qui, déjà, malgré le jour tenace, avait allumé ses phares.

Richard roula sans but, s'éloigna de la ville. Mais la campagne bernoise paraissait frappée de stupeur. Les énormes fermes casquées de toits plongeants étaient comme pétrifiées dans la langueur inhabituelle du soir.

Le jeune homme éprouva une oppression et rebroussa chemin. Il franchit un pont sur l'Aar et remonta en direction du centre ville. De rares promeneurs arpentaient les trottoirs, tenant un chien en laisse. Il rangea sa voiture dans le parking à peu près vide du palais fédéral et se mit à déambuler, la gorge nouée par une vague désespérance.

Richard se dit qu'il devait réagir. La vie qu'il menait à présent était indigne d'un être jeune ; c'était une existence décousue et pot-au-feu d'ancien play-boy rangé des voitures dans l'ombre d'une richissime vieille dont il butinait tant bien que mal le pollen. Jusqu'à ce maître chanteur ahurissant qui participait à la léthargie générale, s'y vautrait avec délectation, comme un chien plein de puces dans du sable !

Il marcha au hasard. Et tout à coup une lumière sollicita son attention car elle était spasmodique. Celle d'une enseigne lie-de-vin, rédigée en caractères tarabiscotés. Tellement tarabiscotés, même, qu'elle en devenait illisible. Richard eut du mal à la déchiffrer : *Paris-Folie*.

Un bar, probablement. Cette référence à Paris, dans cette ville si guindée et si raisonnable, le fit sourire. Le mot folie ne faisait pas vrai. Il récita, à mi-voix : « *Paris-Folie* ». Mais aucune nostalgie ne naissait en lui. Paris se trouvait bien loin d'ici, non pas géographiquement, mais au plan philosophique. Il pensa que si l'on devait trouver un contraire à Paris, Berne conviendrait parfaitement. D'une part le tohu-bohu et la frivolité, d'autre part, la respectabilité et la sagesse. Mais cette sagesse était-elle réelle ou feinte ? Quelle part avait l'hypocrisie dans ce maintien gourmé de la capitale fédérale ? Ne s'agissait-il pas en réalité d'un masque derrière lequel le vice allait son vilain bonhomme de chemin ?

Il traversa le carrefour pour s'engager dans l'artère étroite où palpitait l'enseigne.

Au-dessous du néon violacé se trouvait une porte

rébarbative, alourdie de pentures à gros clous. De part et d'autre de la porte, des tableaux aux cadres dédorés contenaient des photographies jaunies de filles niaises et putassières vêtues d'un boa ou de leurs mains haut gantées. Ces personnes frappaient par leurs expressions bêtes et ennuyées.

Un timbre phosphorescent brillait à droite de la porte. Il le pressa, ne l'entendit pas tinter et attendit un long moment avant qu'on vienne ouvrir. Une fille trop maquillée, habillée d'une jupette ras-de-fesses malgré sa quarantaine évidente, lui dit quelque chose en suisse-allemand.

— Je ne parle que le français, fit Richard avec humeur.

Elle acquiesça et demanda :

— Oh, voui, vous voulez de rentrer ?

— Si c'est possible...

Elle s'effaça. Il pénétra dans une sorte de sas tendu de velours vert et seulement meublé de deux chaises en faux Louis XV. Un escalier plongeait vers un vacarme rougeoyant. Richard regarda l'hôtesse d'un œil interrogateur. Elle lui fit signe qu'il pouvait descendre. Parvenu au bas des marches, il y avait une espèce de théâtre Guignol servant de vestiaire, avec, embusquée à l'intérieur, une vieille femme blafarde au regard catastrophé. En cette saison, personne n'avait rien à lui confier et ses affaires marchaient mal. Un bref couloir donnait accès à la salle du *Paris-Folie* qui ressemblait à tous les endroits de ce genre. Elle était d'assez faibles dimensions, des banquettes couraient le long des murs. Une guirlande de tables basses les isolaient de la piste de danse. L'un des angles comportait une petite estrade, l'autre un bar. Il n'y avait personne sur l'estrade pour l'heure, la musique stéréophonique dépassait de loin ce qu'un individu normal peut supporter comme décibels. Elle semblait sans sources précises tant était parfaite l'installation. Richard eut envie de rebrousser chemin.

Il détestait le bruit à ce degré de saturation. Un type en smoking lui demanda avec l'accent italien s'il désirait une bonne table, ce qui ne devait pas être difficile à trouver, la salle n'ayant pour toute clientèle qu'un couple et deux entraîneuses soucieuses.

Richard répondit par la négative et gagna le bar. Le même personnage en smoking passa de l'autre côté du comptoir et s'informa de ce qu'il désirait boire. Richard commanda un whisky. Il précisa « Chivas », en pensant à Catherine.

L'autre lui servit une ration carabinée. Richard se jucha alors sur l'un des tabourets, près du mur, afin de pouvoir s'y adosser et contempler le cabaret. Malgré la pénombre, il s'aperçut que les murs étaient tapissés de posters géants représentant des coins de Pigalle, la nuit, probablement histoire de justifier l'enseigne.

Le couple de clients n'était pas jeune et paraissait ivre. Des gens « de la campagne », probablement, descendus d'un canton primitif, et qui croyaient se dévergonder en venant boire du scotch devant une photographie du Moulin-Rouge. Après s'être concertées, les deux entraîneuses s'approchèrent du bar et l'une d'elles lui adressa la parole en allemand, mais il secoua la tête rudement et elles n'insistèrent pas. Elles faisaient songer à des dames d'ouvroir. Richard se dit qu'elles devaient faire l'amour à « la maman », en s'entourant de précautions d'hygiène qui, certainement, tuaient l'élan du partenaire.

Il sirota son verre, l'esprit vague, sans parvenir à oublier la maison des Zimner, solennelle et inviolable. Malgré l'étrange faune qui à présent l'occupait, elle conservait sa dignité farouche de demeure patricienne. Elle appartenait à une ville qui ne s'en laissait pas compter. Il imagina Catherine, buvant dans sa chambre pour chercher l'oubli d'elle-même ; et l'autre, le minus, avec son attirail photographique qui lui servait à percer l'âme des choses.

L'âme des choses ! « Pauvre con » ! Les subterfuges et le vocabulaire que peut employer un raté pour jeter un voile pudique sur son ratage. Lui, au moins, acceptait sa condition de paumé. Il était entré en veulerie comme certains en religion ou en politique. Par économie d'énergie, parce que rien ne lui paraissait mériter une mobilisation de forces et de volonté.

— Un autre ! fit-il au serveur italien lorsque celui-ci passa à sa portée.

Il s'habituait quelque peu au vacarme, finissait du moins par le trouver tolérable.

Un homme entra dans le night-club, s'arrêta pour considérer la salle, hésita, puis finit par s'avancer jusqu'au bar. Il prit un gin-tonic et resta debout, les coudes écartés, perdu dans une rêverie incertaine. Le barman devait le connaître, car ils échangèrent quelques mots, en suisse-allemand, sur le mode détendu. Richard trouva quelque intérêt au nouveau venu. C'était un homme entre deux âges, d'un blond qui devait tirer sur le roux (la mauvaise qualité de l'éclairage permettait mal d'en juger). Il possédait un visage dont l'harmonie frappait. Son regard pâle était plein de charme et de langueur.

« Une pédale ! » se dit Richard.

Il observa les gestes un peu maniérés quoique économes de son compagnon de comptoir. Celui-ci portait un complet de flanelle grise, très bien coupé, mais un peu germanique toutefois. Sa chemise bleue, sa cravate marine dénotaient un certain parti pris de classicisme dans la mise.

La musique s'interrompit brusquement, et le silence fut comme un seau d'eau froide dans la figure de Richard. Le barman monta sur l'estrade que deux projecteurs venaient d'éclairer, c'était décidément l'homme à tout faire du *Paris-Folie*. Il fit une annonce en allemand. Puis, se rappelant sans doute la présence d'un Français dans le cabaret, déclara :

— Mademoiselle Miarka dans son strip-tease international.

Il descendit. Une fille parut, assez belle, forte, teutonne, d'un blond à la Marilyn, habillée d'un smoking blanc et coiffée d'un gibus. Elle faisait virevolter une canne à pommeau, style Dietrich. Son personnage était une mosaïque déformée d'anciennes idoles. La musique devint langoureuse, dès qu'elle fut sur le petit podium, et la strip-teaseuse se mit à se trémousser avec des grâces un peu lourdes, et en roulant des yeux aguicheurs, ce qui donnait envie de rire.

L'homme au complet gris tourna la tête vers Richard.

— Ridicule, n'est-ce pas ? fit-il.

Il parlait avec un fort accent.

— Plutôt, convint Richard.

— C'est un art si délicat...

Ils restèrent silencieux un bon moment, regardant se dénuder progressivement la fille. Elle « gazait » et avait déjà les seins nus.

L'homme se tenait devant Richard, il se remit à lui parler, sans le regarder, en tournant à peine la tête pour jeter ses paroles par-dessus son épaule :

— Vous êtes de Genève ?

— Non, de Paris.

— En vacances ?

« Ça y est, je me fais rambiner », pensa Richard. Ce n'était pas la première fois ; il ne s'en formalisait jamais. Quelque chose de provincial subsistait en lui, et qu'un homme lui fît du rentre-dedans l'épatait.

— Je suis chez des amis.

— Bernois ?

— Non, Français, eux aussi, mais ils ont une maison ici...

Pourquoi disait-il « des amis » en parlant de Catherine et d'Etienne ? Pourquoi les associait-il, pour les besoins de la conversation ?

Comme il était gênant de répondre à un questionnaire,

sans s'intéresser au questionneur, Richard demanda :

— Et vous, vous êtes d'ici ?

Son interlocuteur marqua une courte hésitation.

— Plus ou moins, fit-il. J'habite Londres, mais je viens très souvent à Berne chez ma sœur qui possède un adorable hôtel particulier.

Il ajouta encore, toujours sans se retourner :

— Nous sommes d'origine hongroise.

Là-bas, la fille était nue. A l'exception d'un minuscule cache-sexe en strass. Elle avait des fesses lourdes, style culottes de cheval. Curieusement, elle paraissait empotée sans ses vêtements.

Le buveur solitaire en fit la remarque.

— L'on dirait que ses bras la gênent, fit-il.

— Ils la gênent, répondit Richard : la gaucherie, avant tout, c'est les bras.

Il y eut quelques maigres applaudissements, dus au serveur. La strip-teaseuse ramassa ses frusques et se retira en ballottant des fesses.

L'homme roux fit face à Richard.

— Tout ça, c'est vraiment histoire de tromper le temps, n'est-ce pas ?

Il désignait la boîte d'un hochement de menton. Richard parcourut du regard l'assemblée réduite à sa plus simple expression.

— Je suppose qu'il doit y avoir davantage de monde quand ce n'est pas l'été ?

— Bien sûr. Cette boîte passe pour être un endroit très canaille, alors qu'elle ferait bâiller d'ennui à Londres ou à Paris.

— Vous y venez souvent ?

— Assez. Chaque fois que je séjourne à Berne. Ma sœur, bien qu'encore jeune, est d'un tempérament particulièrement casanier et ne sort jamais. Alors, de temps à autre le soir, je fais une escapade.

Richard ne put s'empêcher de trouver une similitude à leurs situations et en conçut un regain d'instinctive sympathie pour son compagnon de rencontre. Sans doute était-il homosexuel, mais pas du genre saute-au-paf, comme le chante Béart.

Ce fut Richard qui proposa :

— Vous prenez quelque chose ?

— Volontiers.

Ils renouvelèrent leurs consommations et se placèrent face à face devant le comptoir d'acajou.

— Mon nom est Karl Labbo, dit soudain l'homme, en avançant une longue main blanche vers Richard.

Ce dernier se nomma et pressa la main de son vis-à-vis. Il la trouva froide et nerveuse. Elle devait souvent trahir Karl Labbo. Les deux garçons se mirent à deviser. Richard dit qu'il était un compositeur ignoré et qu'il vivait chez des « amis ». Labbo expliqua qu'il gérait une fortune léguée par son père. Richard comprit qu'il devait appartenir à une riche famille israélite d'Europe centrale. Ce qui le surprit, c'était la fréquence avec laquelle son voisin de bar parlait de sa sœur. Il ne pouvait proférer deux phrases sans y faire référence ou, pour le moins, la citer. A la fin, il ne put s'empêcher de le lui faire remarquer :

— On dirait que votre sœur occupe une grande place dans votre existence ?

— Pas une grande place : toute la place, ou presque. Je n'ai qu'elle et c'est un personnage si fascinant.

Il plissa les yeux, recula légèrement la tête sans cesser de contempler Richard.

— Vous lui plairiez beaucoup, déclara-t-il.

Et comme Lempleur se troublait, il se hâta de préciser :

— Non, comprenez-moi : Erika est une artiste. Elle peint. Des portraits, principalement. Elle est obnubilée par les visages. Même le sien... Oh, attendez !

Il tira de sa poche intérieure un élégant portefeuille de croco à coins d'or, le fouilla et en sortit une photographie en couleurs.

115

— Juste pour vous donner une idée de son talent, fit Labbo. J'ai pris l'un de ses autoportraits avec un Polaroïd parce que je l'aime particulièrement : il la reflète très fidèlement.

Richard regarda le cliché.

— Mon Dieu, comme elle est belle ! s'exclama-t-il spontanément.

Karl eut un rire de carnassier, plein d'un immense orgueil.

— Terriblement, n'est-ce pas ?

L'image était celle d'une femme ayant passé la trentaine, très brune, aux cheveux coiffés courts, au regard d'un bleu intense. Elle possédait une bouche large et pulpeuse.

« N'oublions pas qu'il s'agit d'un autoportrait, songea Richard, elle a dû se faire une drôle de fleur ! »

Mais il avait beau essayer de calmer son enthousiasme, le portrait exerçait sur lui une sorte d'envoûtement voluptueux. Déjà, son vis-à-vis tendait la main pour récupérer la photographie. Richard eut un geste importuné.

— Attendez, permettez que je regarde encore... Non seulement elle est belle, mais elle a en outre beaucoup de talent.

Il détestait le figuratif, et s'il n'avait éprouvé ce choc à la beauté du modèle, il aurait trouvé l'œuvre d'un pompiérisme décadent.

— C'est presque de l'hyperréalisme, n'est-ce pas ?

Il ne répondit pas. Ce regard bleu qui s'observait lui semblait plonger dans le sien. L'hypnose peut-elle s'opérer par le truchement d'un regard peint ?

— La fille la plus extraordinaire que vous puissiez rencontrer, assura Labbo en lui reprenant le cliché d'un geste doux mais péremptoire, comme s'il avait redouté que son compagnon refuse de le lui restituer.

Ils burent encore plusieurs consommations. Karl insista pour les régler. Richard demeurait silencieux.

— On n'a jamais peint votre portrait ? demanda Labbo.

— Si j'excepte un croquis tracé par une de mes condisciples sur une feuille de cahier, non, jamais.

— Plus je vous regarde, plus je suis certain qu'Erika adorerait faire le vôtre. Vous avez... une gueule, si vous me permettez. D'abord vous êtes joli garçon, mais l'intérêt vient de plus profond. On pressent un tourment secret, en vous. Vous n'êtes pas très bien dans votre peau, n'est-ce pas ? Et puis, une certaine mollesse de caractère... Vous ne m'en voulez pas ? Je suis franc. Je regarde, je pense, je dis ce que je pense. Aucune intention de vous offenser. Par mollesse, j'entends manque de combativité. Vous acceptez la vie telle qu'elle se présente, sans chercher à la modeler. Ce que vous composez doit vous ressembler. Mais un jour, le talent s'imposera. Il ne vous manque qu'une chose essentielle pour qu'il se libère...

— Et c'est ?

— Le chagrin. Il y a beaucoup d'égoïsme dans votre renoncement. Un égoïsme ne peut rien créer de valable. Il faut pour s'extérioriser pleinement un grand élan humanitaire... Le chagrin, la grande peine, voilà des piles aptes à charger à bloc la batterie des sentiments. Vous devez attendre, monsieur Lempleur. Attendre la souffrance. Elle viendra. Elle finit toujours par venir...

— C'est presque une consultation, fit en riant Richard, vous êtes psychologue de profession, monsieur Labbo ?

— De vocation, ce qui est bien mieux ; un amateur passionné est toujours plus compétent qu'un professionnel indifférent. Et puis, tout comme Erika, les êtres m'intéressent. Il n'est pas de plus beau spectacle pour un homme qu'un autre homme. Vraiment, vous ne voulez pas que je vous présente à ma sœur ?

L'obstination de son nouveau compagnon amusa Richard. Il le sentait vibrant d'enthousiasme et il aimait les enthousiastes.

— Maintenant ? demanda-t-il.

Karl Labbo consulta sa montre en or blanc cernée de petits diamants.

— Non, à cette heure, elle doit lire dans son lit. Erika ne s'endort jamais avant quatre ou cinq heures du matin et consomme au moins deux livres par nuit, mais elle n'aime pas se relever. Son coucher fait l'objet d'un rituel auquel elle tient et qui ne peut plus être troublé. Voulez-vous venir demain soir ?

— Volontiers ; nous nous retrouvons ici ?

— A quoi bon, venez directement chez elle, elle habite Kinderstrasse, de l'autre côté de la ville, au 4. Vous verrez, c'est un ravissant petit immeuble, tout en hauteur, coincé entre deux constructions rébarbatives. Son atelier est au dernier étage, naturellement, à cause de la lumière. Voulez-vous qu'on dise neuf heures ?

— Entendu.

Ils découvrirent que, dès lors, ils n'avaient plus rien à se dire, et Richard prit congé de son nouvel ami assez furtivement. Le couple de clients dansait dans la pénombre de la piste, joue contre joue, avec des grâces pataudes. L'on eût dit qu'ils s'étaient évadés de la fameuse fosse aux ours.

XIV

Lorsqu'il stoppa devant la grille noire cernant la propriété, quelque chose le frappa. Il crut distinguer la double tache pâle de deux visages au niveau du premier étage. Cette double tache s'anéantit, comme si les personnes qui prenaient le frais à la fenêtre eussent craint d'être aperçues de lui. Richard calcula que la fenêtre en question appartenait à la chambre de Catherine. Il rentra l'auto et pénétra dans la maison. Il y flottait toujours cette réconfortante odeur d'encaustique qui l'avait frappé lors de leur arrivée dans la demeure. Il s'y mêlait de légers relents de cuisine.

Le jeune homme escalada l'escalier et se dirigea vers l'appartement de son hôtesse. Bien qu'aucun rai de lumière ne filtrât sous la porte, il frappa. Personne ne lui répondit. Il entra. Et alors la lumière jaillit, celle de la lampe de bronze posée sur la table de chevet. Catherine se tenait assise le dos à l'oreiller, clignant des yeux.

— Ah, bon, c'est vous, dit-elle. Quelle heure est-il ?

— Plutôt tard, répondit Richard. Vous ne dormiez pas ?

Elle hocha la tête, ce qui ne constituait qu'une réponse vague à la question.

— Vous n'étiez pas seule, n'est-ce pas ? demanda le garçon.

— Quelle idée !

Le mensonge lui griffa l'âme. Il éprouva quelque chose de rude qui ressemblait à de la jalousie.

— Je vous ai vue avec lui, à la fenêtre.

Elle ne chercha pas à nier.

— Oui, il était descendu pour bavarder.

— En pleine nuit ?

— N'a-t-il pas tous les droits ?

— Tous ? insista durement Richard.

Elle lui dédia un sourire tendre, vaguement apitoyé. L'âpreté de Richard la flattait et cependant elle tenait à calmer ses doutes.

— Quelle idée ! Il est comme ça, voilà tout.

— De quoi avez-vous parlé ?

— Il me racontait sa vie.

— A la fenêtre ?

Catherine haussa les épaules.

— Voyons, Richard, ne le prenez pas sur ce ton ; probablement parce qu'il vous savait absent, Etienne est descendu me trouver. Je l'ai laissé se raconter, que pouvais-je faire d'autre ? A la fin, je lui ai dit que j'avais chaud. Je suis allée ouvrir la fenêtre et m'y suis accoudée. Il venait de m'y rejoindre lorsque vous êtes arrivé.

— Ce qui vous a mis en fuite ?

— Réflexe normal, non ?

— C'est également un réflexe normal qui l'a fait regagner son gîte à fond de train et qui vous a poussée, vous, à éteindre ?

— Ma parole, vous me faites une scène de jalousie !

— Sûrement pas, mais je déteste qu'on me prenne pour un con.

Elle soupira :

— Allons, voyons, à quoi bon vous emballer pour rien.

— Je sens que ce n'est pas pour rien, Catherine. Je sais...

— Que savez-vous, idiot ?

— Je sais que vous avez fait l'amour avec ce type. C'est un vicelard, il a un regard de dégueulasse. Peut-être vous a-t-il menacée, je l'ignore. Mais vous avez baisé avec lui. Hein, que vous avez baisé, tous les deux ? Avouez, bon Dieu ! Après tout qu'est-ce que ça peut me fiche...

— Je vous en conjure, Richard, ne vous mettez pas martel en tête !

Il éclata de rire.

Répéta :

— Martel en tête !

Puis, presque surpris :

— Quelle drôle d'expression !

Il la considéra sans complaisance. Comme elle était lourde, flasque, dodue, poite, peu désirable.

— Blanchard est le type à ça, soliloqua le jeune homme.

— A quoi ? demanda Catherine.

Il quitta la chambre sans répondre, ni même lui adresser un signe pour prendre congé.

Une fois chez lui, il empoigna sa guitare, comme on prend une femme familière dans ses bras. Il pensait au portrait d'Erika Labbo, à ce regard profond qu'il jugeait pathétique. Il fut confusément rassuré. Dans le fond, il suffisait de sortir pour faire des rencontres.

*
* *

Les pas, au-dessus de sa tête. Ce bruit errant, vite insoutenable.

Richard ne parvenait pas à trouver le sommeil. Là-haut, l'autre déambulait dans sa chambre, de-ci, de-là, comme trottine un rat dans un grenier, au gré d'une volonté mal discernable.

Le garçon se colla son oreiller sur la tête, mais le bruit continuait, soit qu'il l'entendît toujours, soit qu'il crût l'entendre, ce qui était sans doute pire.

A la fin, furieux, il sauta de sa couche, et, nu-pieds, s'élança vers l'étage supérieur.

Il trouva Etienne Blanchard vêtu d'un peignoir de bain en tissu-éponge, un cigarillo malodorant planté dans son rictus. Des jambes maigrichonnes où les poils venaient mal le faisaient ressembler à quelque échassier bizarre.

— Tiens, l'artiste ! grommela-t-il, qu'est-ce qui lui arrive ? L'insomnie ?

— L'insomnie, c'est vous, dit Richard, avec vos piétinements incessants je n'arrive pas à roupiller.

— Il faudrait peut-être que l'un de nous deux change de piaule, non ? Où comptez-vous vous réinstaller, l'artiste ?

Belliqueux, tout de suite. Aigre. Les griffes lui sortaient des doigts comme se dardent les piquants d'un hérisson à l'approche de quelqu'un.

— Qu'est-ce que vous foutez, à marcher de long en large, toute la nuit ?

— Je travaille. Je ne suis pas un oisif, moi, l'artiste. Le boulot, c'est mon vice.

— Si ce pouvait être le seul...

Etienne rit de la boutade.

— Ben quoi, on est vivant, non ? Vous m'en connaissez d'autres ?

— Vous êtes le genre de monsieur à qui on peut faire crédit dans ce domaine.

Richard regarda la chambre-laboratoire, qui devenait un antre incroyable. Des fils tendus d'un mur à l'autre supportaient l'étrange lessive noire des clichés mis à sécher. Une puanteur chimique montait des bacs émaillés qui traînaient sur les sièges et les tables, et même au sol.

— Vous arrivez à vivre dans toute cette dégueulasserie ? demanda Lempleur.

— Des instruments de travail ne sont jamais dégueulasses, l'ami. Seuls, les feignants le sont. Alors, ce Berne *by night*, le pied ? Vous sentez le whisky. Des gonzesses intéressantes ?

— Pas terribles, mais comestibles en tout cas, riposta Richard. Moi, du moins, je ne me suis pas cogné Mémère...

L'autre sourcilla, parut surpris par cette soudaine attaque.

— Pourquoi me dites-vous ça, l'artiste ?

— Parce que vous, vous vous êtes payé notre respectable hôtesse, mon vieux.

Chose curieuse, Blanchard pâlissait. Pour un homme décidé à jouer les maîtres chanteurs, il manquait singulièrement d'aplomb.

— Qu'est-ce que vous racontez, l'artiste ?

— La vérité. D'ailleurs Catherine me l'a avoué. De toute manière, je m'en balance, hein ? Si vous aimez le gras-double, c'est votre affaire. Je suppose que ça n'a pas été trop dur, si ?

Etienne se ressaisit. Son visage retrouva sa coloration rose-porc tandis que ses yeux prenaient de l'assurance.

— Pensez-vous : un vrai velours. Dites, elle va sur ses cinquante carats, la mère. A cet âge on saute sur les occases quand elles ressemblent à un zob et on met les bouchées doubles. Vous parlez d'un tempérament de feu, elle m'a essoré, la salope !

Richard ne put se contenir. Son poing partit. Il sentit craquer sous ses phalanges de pierre. Blanchard bascula et s'effondra parmi ses bacs.

Il resta un court moment inanimé et Richard eut peur de l'avoir gravement atteint. Et puis l'autre se mit à remuer comme un crabe renversé qui rétablit son équilibre. Richard n'eut même pas l'idée de l'aider à se relever. Blanchard saignait de la lèvre et il geignait, s'étant durement meurtri le dos.

Il s'arquait, comme pour s'assurer qu'il n'avait pas la colonne vertébrale brisée.

Son adversaire, gêné, toute colère morte, ne savait s'il

devait partir ou prononcer quelques mots d'excuse. Il restait planté au milieu de la pièce à regarder grimacer sa victime. Une certaine honte accompagnait ses remords. La honte d'avoir perdu son self-control, et surtout celle d'avoir cédé à un sentiment de jalousie. Pourquoi la pensée que Catherine avait cédé à Etienne Blanchard lui était-elle intolérable ? Parce qu'elle s'était refusée à lui ?

Catherine surgit, affolée par le remue-ménage.

— Qu'est-il arrivé ? demanda-t-elle.

Personne ne lui répondit.

Elle s'avança dans la pièce, affolée par les récipients renversés et les flacons brisés.

— Mais dites-moi, enfin ! Vous vous êtes battus ? Oh, Etienne ! Votre dos est en sang...

Etienne Blanchard gagna un fauteuil.

— L'artiste a eu des vapeurs en apprenant que je couchais avec toi, fit-il après s'y être lentement laissé glisser. Il est jalmince. Tu vois, t'as du succès, la mère ! Approche !

Comme Catherine ne bronchait pas, il aboya :

— Approche, bordel de Dieu !

Elle vint à lui. Jamais Richard ne l'avait trouvée aussi grotesque qu'à cet instant, dans sa chemise de nuit. Ses seins lourds pendaient sous l'étoffe. Elle avait des mollets gonflés, sous la peau desquels sinuaient des veines mauves ; ses pieds potelés le firent penser à des pieds de porc.

Les mains croisées haut sur sa poitrine, Blanchard fixait Lempleur de ses petits yeux méchants.

— Tu vas payer ça cher, l'artiste, promit le photographe. Tu ne peux pas savoir combien ! Ça me démange de te dire le prix tout de suite. Mais ce ne serait pas raisonnable. Je préfère te ménager la surprise.

Ses mains se dénouèrent. La droite écarta les pans de son peignoir de bain, dévoilant impudiquement un bas-ventre à la pilosité presque incolore. Son sexe grisâtre formait une forte protubérance sur ses jambes maigres, serrées. Blanchard saisit sa verge par en dessous, de manière à ce qu'elle reposât sur le plat de sa main. Elle était de belle taille, et, malgré la stupeur que lui causait le comportement d'Etienne, Richard enregistra le fait.

— Tu sais pas, la grosse, murmura Blanchard, tu vas me faire une petite gâterie devant cet ahuri, qu'il comprenne un peu...

— Vous êtes fou ! fit Catherine.

Il avança sa main gauche vers les grosses fesses qui tendaient l'arrière de la chemise blanche et les caressa tendrement pour en bien souligner le volume.

— Déconne pas, la mère, tu sais bien qu'en effet je suis fou, et que si tu n'obéis pas, il va se passer de grands malheurs dans cette baraque avant la fin de la nuit. Allez : à genoux, ma vieille. A genoux pour la sublime prière au dieu Paf !

Il rit bassement, exprès, sachant que la canaillerie de ce rire ne faisait pas vrai, poussé par un étrange besoin de paraître parodique.

— Etienne ! balbutia Catherine. Etienne, il ne faut pas... Je veux vous parler.

— Jamais la bouche pleine, la mère, c'est impoli. Si tu ne plonges pas illico, je le fais payer tout de suite !

Richard, sortit, claqua la porte. Le rire énorme d'Etienne le poursuivit dans l'escalier.

Quelque chose d'étrange venait de s'opérer en lui. Il ignorait quoi, exactement. C'était comme s'il avait franchi les frontières du dégoût. Catherine le dégoûtait. Il se dégoûtait d'avoir ressenti des bouffées de désir pour elle. Elle le dégoûtait parce qu'elle n'était pas la femme frigide qu'elle prétendait être. Etienne l'avait-il révélée, comme disent les traités de sexologie ? En tout cas leur expérience de la soirée avait bouleversé la situation. A présent, Etienne Blanchard la dominait pleinement, et il possédait, pour la réduire, beaucoup mieux qu'un secret. Il contrôlait ses sens, ce crevard blondasse, ce minus blême, sans envergure. Son sexe, en guise de baguette magique ! Richard rit de l'image. Il songeait à la verge grise que Blanchard flattait de sa main, qu'il faisait tressauter comme une denrée dont on vante les mérites.

Et Catherine se prêtait à ses exigences. Elle s'insurgeait à peine, elle la femme autoritaire et froide. Une chienne ! En une soirée, elle était devenue une chienne soumise. Une chienne en chaleur.

« Il va falloir que je parte, songea le garçon. Et que je parte immédiatement. Je n'ai pas le droit de rester ici plus longtemps ! »

Mais, il le sentait, cette résolution n'en était pas une. Il s'exhortait en sachant qu'il resterait ici, envers et contre tout, n'importe les basses hontes, n'importe le danger.

Un lien puissant le retenait auprès de Mme Zimner.

Leur meurtre ?

Peut-être, après tout. Cela ressemblait à du Shakespeare. Il y avait la mort, entre eux.

Il se coucha après avoir pris la précaution de bloquer la porte au moyen d'une chaise inclinée.

Il eut le temps de comprendre qu'il s'endormait immédiatement. Et d'en être surpris.

XV

Lorsqu'il s'éveilla, il ne tarda pas à apercevoir une feuille de papier au sol. Le rectangle blanc palpitait dans un léger courant d'air rasant. Richard sauta du lit pour aller le ramasser. Il lut alors ces lignes, tracées d'une large écriture énergique :

« *Je vous en prie, je vous en supplie, ne partez pas. J'ai besoin de vous. C.* »

Le mot « besoin » était souligné deux fois.

Ce message lui apporta quelque réconfort. Il le plia et le rangea soigneusement. La perspective de revoir Etienne Blanchard l'incommodait. Il aurait aimé filer à l'anglaise, pendant plusieurs jours, n'importe où, avec sa guitare pour bagage. Mais, comme presque chaque fois que lui venait un désir exigeant quelque effort, il y renonça.

Quand il descendit se confectionner un frugal petit déjeuner, il trouva le photographe en train de préparer des œufs au plat dans la cuisine. Loin de lui faire grise mine, Blanchard l'accueillit avec une jovialité qui, pour une fois, ne paraissait pas feinte.

— Salut, Cassius ! lança Etienne.

Du beurre grésillait dans la poêle, répandant une belle odeur honnête et stimulante.

On lisait la trace du coup de poing à son menton.

Cela formait une sorte de pastille violacée. Il la caressait, de temps à autre, du dos de la main, sans s'en rendre compte, parce que le horion lui faisait mal.

— Il reste du caoua, ajouta-t-il en montrant la cafetière, vous pouvez vous le mettre à réchauffer. Quand j'étais môme, à la maison, on éclusait parfois du café vieux de deux jours. Ma mère possédait une grosse cafetière de couvent et on ne l'aurait jamais dissuadée de préparer le jus avec autre chose...

Un orage roulait, très haut, dans un ciel couleur d'éléphant. Quelque part, des cloches tintaient, mais leur sonorité n'était pas joyeuse : peut-être, pensa Richard, parce qu'il s'agissait de cloches protestantes ?

Il était d'une de ces rares régions de France où huguenots et papistes s'affrontent encore ; sa famille appartenait au clan catholique et on l'avait éduqué dans la méfiance du protestantisme. Chez lui, tout ce qui appartenait à la religion réformée passait pour être déshumanisé.

— Je suis sûr que mes œufs vous font envie, non ?

— Pardon ?

Blanchard ôta la poêle de la cuisinière électrique et la lui brandit sous le nez.

— On fait fifty-fifty, l'artiste ? Je crois que j'ai vu un peu grand pour mon estomac de piaf.

Sans attendre la réponse, il disposa deux assiettes sur la toile cirée à carreaux.

Et ils mangèrent, face à face. Etienne assez salement, se servant de gros morceaux de pain en guise de fourchette. Il parlait la bouche pleine. Sa bouche se crépissait de jaune. Il claquait de la langue en dévorant ses œufs.

— Vous savez, l'artiste, dit-il, lorsqu'il eut englouti sa pitance, j'ai bien réfléchi à votre réaction d'hier soir, j'ai eu le temps car j'ai souffert comme un damné. Vous voulez voir mon dos ? Il est taillé comme un rôti lardé.

128

Il se leva, troussa son polo douteux pour produire son dos aux côtes saillantes. Effectivement, sa chair portait témoignage de sa dégringolade dans les flacons ; mais Richard songea que les blessures étaient beaucoup moins graves que ne le prétendait Blanchard.

— Je vous prie de m'excuser, dit-il néanmoins.

Etienne laissa retomber le polo et eut un geste désinvolte d'homme fort pour qui les atteintes corporelles sont négligeables. Il s'offrait du courage à bon marché.

— Je vous disais donc que j'ai pensé à votre cas. Mon avis est que vous ne baisez pas assez pour un garçon de votre âge. Vous vous l'êtes cognée, la mère ?

— Non, assura Richard.

— Bon, alors, vous jugez du désastre ? Des jours à vivre sevré de fesse, à votre âge ! Dedieu, moi j'en serais incapable. Je ne suis certes pas un Apollon, mais le chibre est, si j'ose dire, à la pointe de mes préoccupations. Quelques jours sans limer, je tombe malade. Vous n'êtes pas porté sur le tagada, l'artiste ?

— Comme tout le monde, répondit le garçon, gêné.

— Alors vous vous faites une fausse idée de tout le monde, mon vieux. La baise, c'est le grand régulateur. Moi, je brosse à tout berzingue, n'importe quelle crémière, jeune ou vioque.

— Faut-il encore en avoir à disposition.

Etienne éclata de rire.

— Quel con, ce mec ! Mais elles le sont toutes, à disposition, l'artiste ! Toutes. Elles le sont pour les gars qui ont envie d'elles. Le type porté sur le biscuit, elles le détectent illico. Au regard. Notre paf se reflète dans nos yeux. Pourquoi crois-tu qu'elles sautent sur un minable et dédaignent un Adonis ? Parce qu'elles ont détecté que le vilain allait au chibre comme un lancier tandis que le beau ténébreux trébuchait du calbute. Tu me crois pas ?

Richard nota le tutoiement, jailli spontanément.

— Peut-être, admit-il.

— Pas peut-être, l'artiste, sûr et certain ! Toi, tu ne dois absolument pas chômer ! Rien ne justifie que tu laisses ton zob en panne. Si je te disais : le jour de la mort de ma vieille, que pourtant j'adorais, j'ai tringlé. Et qui pis est, peut-être, le jour où ma femme m'a quitté, je suis allé me farcir une potesse entre deux sanglots. Pourquoi tu ne ramonerais pas la petite Ritale qui nous fait le ménage ?

— Elle ne me dit rien !

L'autre eut un cri d'effroi.

— Elle te dit rien ! Alors t'es pas un queutard, l'ami. Et t'en seras jamais un, je regrette. Toutes les bonnes femmes pas trop blettes et pas trop vioques me font envie, à moi ! Même quand je viens de me vider les burnes, je sens un tressaillement à la vue d'un cul. Comme des ondes, quoi. Chez toi, elles sont parcimonieuses...

La puérile satisfaction de Blanchard agaçait le jeune homme. Une vantardise de garçon boucher !

— Bien que vous soyez un phénomène du genre, ça n'a pas empêché votre femme de vous plaquer, objecta Richard.

Son interlocuteur se rembrunit et retrouva cette expression méchante qui ne le quittait pratiquement jamais.

Il hocha la tête à plusieurs reprises.

— D'accord, fit-il. D'accord, l'artiste, y a pas que la queue, y a aussi le cœur. Et il lui arrive d'être le plus fort...

Il toussota. Son regard mécontent se dirigea vers la fenêtre et se braqua sur les menaces du ciel.

— Il va pleuvoir des hallebardes, d'ici pas longtemps.

Effectivement, le tonnerre roulait sur Berne. Des éclairs bleu acier illuminaient les cimes, dans le lointain, d'une lumière livide. Les cyprès, bousculés par le vent, craquaient comme des voiliers.

— Ils étaient *good*, mes œufs, l'artiste ?

130

— Excellents.

— Bon, tu veux être gentil et me donner un coup de main ?

— Pour quoi faire ?

— Déménager...

Richard fronça les sourcils.

— Vous partez ?

— Au contraire, je m'incruste. Je veux transbahuter tout mon bordel dans la chambre de Catherine, car j'ai horreur de pieuter seul. J'aime bien toucher de la bidoche femelle quand je me réveille.

Richard reposa sa tasse de café tiède.

— Elle est d'accord ?

L'autre eut un sourire fielleux :

— Ça changerait quoi, l'artiste, qu'elle le soit ou pas ? Tu peux me dire ? Allons, arrive !

Vaincu, il suivit le photographe et l'aida à coltiner son matériel chez Catherine. Cette dernière demeurait invisible.

Dans la maison, les deux femmes s'activaient. La vieille voisine fourbissait les bibelots, au salon, tandis que l'Italienne nettoyait les vitres, dans le couloir du premier étage. C'était du verre teinté, avec des motifs folkloriques dans les deux principaux carreaux.

Lors de leur dernier transbordement, Etienne poussa Richard du coude.

— T'as vu son dargiflard ? C'est de la jument, ça, crois-moi. Tu rentres là-dedans comme dans la cathédrale de Chartres. Tiens, tu veux parier que je me la fais ?

Sans attendre que Richard relève le défi, Blanchard appela :

— Rosita !

La femme de ménage se retourna.

— Venez par ici !

Docile, elle accrocha sa peau de chamois à l'espagnolette de la fenêtre et suivit le photographe dans son exchambre, à l'étage supérieur. Un assez long moment s'écoula. Richard était rentré chez lui et se rasait quand il s'entendit héler par Blanchard.

— Quoi ? lança-t-il, depuis le palier.

— Montez, vieux !

Il alla rejoindre son compagnon. Ce dernier se tenait dans le couloir, radieux.

— Eh bien ? demanda Richard.

Etienne lui posa la main sur l'épaule.

— La première fois que ça m'arrive, l'artiste : j'ai mis ma séduction au service d'un autre. Cyrano de Bergerac ! Je l'ai gentiment lutinée en lui disant que t'avais envie d'elle mais que tu n'osais pas. Elle t'attend, en pleine pâmade, mon pote ! Ah ! on peut dire que tu es mon petit gâté !

Il poussa Richard en direction de la chambre. Richard voulut résister, mais la volonté de l'autre fut la plus forte et il pénétra dans la pièce où se tenait Rosita.

Elle était assise au bord du lit, dans la pénombre, car Etienne avait pris la précaution de fermer les rideaux. Il l'avait obligée à ôter sa robe et sa culotte, mais elle tenait farouchement ses vêtements contre soi, comme s'ils constituaient encore un rempart pour sa vertu défaillante.

Richard s'approcha d'elle, sans un mot. Il cueillit les frusques de la fille et les jeta sur un fauteuil. Elle portait un pull qui fleurait le graillon et la lotion capillaire. Il n'eut aucun mal à la renverser. Elle se remonta sur le lit pour se placer dans une posture propice à l'étreinte et ouvrit ses jambes docilement.

L'orage éclata avec une furie qui fit trembler toute la maison. Il fut comme une libération pour Richard. Il se mit à prendre la servante avec acharnement. Elle chercha ses lèvres, des siennes, pour compléter l'acte d'un baiser, mais Richard détourna sa bouche. Il la possédait, mais ne pouvait accepter l'idée de l'embrasser. Il la besogna longuement, sans toutefois s'abîmer dans le plaisir, en conservant la tête froide. Ses pensées gardaient leur rythme habituel. Il prenait la fille pour s'assouvir, s'efforçant d'être bestial, avec une volonté de jouissance si aiguë qu'elle faisait, par moments, défaillir quelque peu son ardeur.

L'orage tournait au cataclysme. On eût dit qu'il allait arracher la maison...

La fille soufflait fort, émettant régulièrement un petit cri frileux dont son partenaire ne pouvait définir s'il était de volupté ou d'effort.

Richard s'activait et un certain étonnement le gagnait. Il allait surpris par sa constance. Il lui semblait pouvoir faire l'amour pendant des heures ! Jamais encore il n'avait connu une telle maîtrise de ses sens.

Une voix éclata, toute proche, qui fit culbuter sa félicité. Il se dégagea pour regarder derrière lui. Etienne et Catherine se tenaient dans l'encadrement. Catherine baissait les yeux.

Etienne jubilait :

— Eh ben, tu vois, la mère, qu'il baise comme un chef, ce petit bougre, pour peu qu'on lui tienne un peu la main au départ...

Rosita éclata en sanglots.

Elle ne devait plus jamais revenir travailler dans la grande maison des Zimner.

XVI

Kinderstrasse était une rue provinciale, un peu tortueuse, mais d'une tranquillité pleine de noblesse. Elle faisait penser à certains coins un peu « village » de Neuilly. Le 4, principalement, dégageait ce charme des vieux immeubles qui paraissent se blottir entre des constructions plus massives pour mieux se faire oublier des promoteurs. La maison étroite se cachait sous une masse de vigne vierge qui escaladait gaillardement les trois étages. Elle était étroite et ne comportait que deux fenêtres par étage, sauf au rez-de-chaussée percé d'une porte et de deux œils-de-bœuf.

La porte impressionna particulièrement Richard, elle était haute, étroite, laquée dans les tons lie-de-vin ; elle le fit penser à la guillotine. Une guillotine repeinte. Il ne se décidait pas à sonner. Ce petit immeuble si feutré, si secret sous ses grappes de vigne vierge, l'intimidait. Une conciergerie automatique détonnait dans le chambranle, mettait anachroniquement une touche de modernisme dans une construction vieille d'au moins deux siècles.

Comme l'heure de son rendez-vous était dépassée, il se risqua à appuyer sur un bouton phosphorescent. Tout d'abord, rien ne se produisit, puis un contact caverneux s'établit et une voix de femme, très basse, à peine audible, posa une question en allemand. Le garçon supposa qu'on s'informait de son identité et se nomma.

— Veuillez refermer la porte et monter l'escalier, fit la voix, dans un français irréprochable.

Le parlophone redevint muet. La porte eut comme un soubresaut et s'ouvrit légèrement. Richard la poussa et se trouva dans un délicat petit hall dallé de marbre noir, aux murs tendus de soie blanche. Une grande quantité de tableaux recouvraient ceux-ci, assez laids, selon les goûts du jeune homme. Au fond, un escalier adorable, à la rampe et aux barreaux gainés de velours bleu. Obéissant aux directives données, Richard ferma la porte et gravit l'escalier.

A mi-étage, celui-ci formait un coude. Ce fut à partir de là qu'il l'aperçut. Il la trouva beaucoup plus belle que sur le portrait. Plus impressionnante, surtout. On eût dit une gravure de mode des années 20. Elle portait une robe droite, dans les tons vieux roses, à longues franges noires. Trois rangs de perles s'étageaient de son cou à son ventre. Elle était merveilleusement maquillée et l'on devinait que pour obtenir un tel résultat, elle avait dû passer des heures à sa coiffeuse. Un fond de teint rehaussait ses pommettes saillantes. Ses paupières assombries rendaient son regard bleu plus radieux, plus éclatant. La bouche devait être un peu grande, mais elle dégageait une telle sensualité qu'elle fascinait autant que ses yeux. Les cheveux noirs, moins courts que sur le portrait, se trouvaient divisés par une raie médiane, lui donnant l'allure d'une fabuleuse petite fille qui aurait cherché à se vieillir en se maquillant. Une petite fille mûrie par sa vive intelligence. Une petite fille un peu théâtrale parce qu'elle avait décidé qu'une telle attitude était conforme à son personnage. Elle le complétait en « en rajoutant ». « On se croirait dans un film, pensa Richard. La maison mystérieuse, et puis la merveilleuse créature qui vous attend, les bras croisés... »

135

En fait, Erika Labbo ne croisait pas les bras, à proprement parler : son bras droit pendait le long de sa hanche et elle soutenait le coude, de sa main gauche. C'était cette posture qui conférait quelque chose d'un peu fabriqué à son personnage.

Richard marqua un temps avant d'achever son ascension. Il craignit de bredouiller.

— Pardonnez-moi, fit-il, c'est monsieur Karl Labbo qui...

— Je sais, venez !

Elle n'abandonna son maintien pour gravure de mode qu'au dernier instant et lui tendit alors une main languissante comme une patte de chatte, dont chaque doigt s'ornait d'une bague au moins.

Richard redit son nom. La femme eut un sourire lointain.

— J'aime tant la France, fit-elle. Je l'aime tellement que je n'y vais plus. Cela me fait trop de peine de la voir vieillir.

L'on avait abattu les cloisons initiales et cet étage ne formait plus qu'une vaste pièce aux éclairages veloutés et savamment élaborés. Richard regarda autour de lui avec plus d'intérêt que le bon ton ne le permettait. Il se dit que ce salon ressemblait au boudoir d'une cocotte de Balzac, ou à celui d'une comédienne du début du siècle. Ce n'était que tapis, tentures, sofas, fauteuils moelleux, petits meubles précieux surchargés de bibelots, miniatures, lampes à abat-jour garnis de pompons ou de pendeloques. Un endroit conçu pour se tapir, se droguer, rêver ou faire délicatement l'amour. C'était plutôt laid, mais infiniment grisant. Il y avait de la volupté dans l'air confiné de la pièce.

— Asseyez-vous. Choisissez. Il faut toujours qu'un invité choisisse sa place, c'est important. Beaucoup de gens désignent d'autorité un siège à leurs hôtes, et il arrive ensuite que ceux-ci s'y sentent mal...

Elle parlait bas, avec une lenteur sans doute due à la

conversion de sa pensée en français.

Elle sentait bon. Un parfum que Richard n'avait encore jamais respiré, et qui lui rappelait des choses qu'il n'avait jamais vécues.

Il opta pour un fauteuil crapaud et s'efforça d'adopter une position harmonieuse. Erika, perfidement, prit place dans un siège anglais, beaucoup plus haut, qui lui permit de dominer son visiteur et de l'écraser de sa magistrale présence.

Elle le toisait en souriant. Il crut lire une grande bienveillance dans les yeux bleus de son hôtesse.

— Effectivement, dit-elle, Karl a raison : votre visage est intéressant. Je cherche pourquoi, attendez... Oh, oui, je crois comprendre. Il y a divorce entre la régularité de vos traits, votre harmonie physique, en somme, et le scepticisme de votre caractère. Vous seriez probablement un tourmenté si vous n'étiez avant tout un cynique.

Richard s'efforça de rire.

— Eh bien, me voilà sur le gril, murmura-t-il.

Elle parut réagir et exprima une confusion qu'elle n'éprouvait certes pas.

— Oh, je vous demande pardon, ce n'est guère généreux de ma part, ni même poli de vous accueillir ainsi. Ah, que je vous dise : Karl vous prie de l'excuser, il a dû rentrer à Londres cet après-midi, assez précipitamment, à cause de la faillite d'un grand magasin dont nous possédons la majorité des actions, je crois. Moi, ces choses m'échappent un peu...

Richard eut l'impression qu'elle mentait, que l'absence du frère était délibérée. Il devinait en son interlocutrice une fille capricieuse et fantasque. Sans doute avait-elle voulu le recevoir seule, pour mieux le jauger, ou qui sait...

Il la regardait, effrayé à l'idée d'être pour elle autre chose qu'un modèle éventuel. La forte personnalité d'Erika Labbo le paralysait et il redoutait, dans l'hypothèse où les choses évolueraient, de ne pas se montrer à la hauteur. Après tout, peut-être qu'Etienne disait vrai quand il prétendait que Richard n'était pas un vrai « queutard ». Ce saligaud allait lui flanquer des complexes paralysants.

— En ce cas, bredouilla-t-il, je ne veux pas vous importuner.

Elle étendit la main, sa main miroitante de pierreries.

— N'est-ce pas moi, en fait, que vous êtes venu voir ?

Il acquiesça misérablement.

— Karl ne se trompe jamais, déclara-t-elle. Il sait ce qui m'inspire, ce qui provoquera en moi le déclic créateur. Oui : je ferai votre portrait. Et même j'en ferai plusieurs. Car une toile est insuffisante à contenir l'émotion provoquée par un sujet, quel qu'il soit. Le profane s'étonne de voir des peintres exécuter dix ou vingt fois le même tableau. En fait, il s'agit du MEME tableau, en effet. Exprimé différemment. Vous aurez du temps à me consacrer, j'espère ?

Il répondit d'un hochement de tête. Elle devint grave.

— Réfléchissez bien avant de vous engager, Richard, car une fois entrée en état de créativité, je supporterais mal que vous me laissiez tomber sous un prétexte quelconque, parce que cela vous paraît monotone. Rien n'est plus fastidieux que de servir de modèle.

La réplique lui échappa :

— Pas avec vous !

Elle eut un léger battement de cils et escamota son sourire.

— Que voulez-vous boire ?

— Ce que vous voudrez m'offrir.

— Peu importe. Moi je ne supporte pas l'alcool, alors que mon gredin de frère boit comme une éponge sans jamais être ivre.

Elle s'immobilisa :

— Trouvez-vous que je ressemble à Karl ?

L'idée ne lui était encore pas venue d'étudier la

138

possible ressemblance entre le frère et la sœur. Erika était si belle, si exaltante, si présente, qu'il en oubliait ce frère entrevu la veille dans la pénombre d'une boîte de nuit. Les traits de Karl s'estompaient dans sa mémoire, il ne se rappelait que la forme de son menton et aussi le bleu de ses yeux, plus sombre que le bleu des yeux de la sœur.

— Un peu, il me semble. Quelque chose dans le regard et dans le bas du visage...

Elle dépêcha un baiser, du bout des doigts, vers des espaces imprécis.

— C'est un amour de frère. Je l'adore.

Et cela se voyait qu'elle lui vouait un culte. Ils s'aimaient l'un et l'autre d'un amour farouche, vaguement incestueux peut-être ?

— Vous vivez seule ? demanda-t-il, bien qu'il le sût déjà.

— Seule, avec Karl, parfois... Je n'aurais jamais pu supporter la présence d'un autre constamment auprès de moi. Et lui pareil... Nous sommes des natures farouches, trop indépendantes pour être sociables. Ou trop égoïstes, peut-être...

Elle ne lui redemanda plus ce qu'il voulait boire, et lui servit d'office un whisky sec provenant d'une magnifique bouteille en cristal taillé. Il prit le verre en tremblant. L'odeur de l'artiste le chavirait. Une odeur de plantes rares poussées dans l'ombre moite d'une contrée tropicale.

Quand il eut bu, il lui demanda à voir ses œuvres.

— Lorsque vous partirez, seulement, répondit-elle.

— Pourquoi pas avant ?

— Comme cela, si elles vous déplaisent, vous aurez moins longtemps à me mentir.

Et elle se mit à le questionner sur lui.

Sur ses origines, son enfance, ses goûts artistiques, la vie qu'il menait. Elle procédait par questions courtes, qui semblaient laconiques, mais l'obligeaient à se livrer car, les ayant posées, elle regardait ailleurs, bien décidée à ne plus parler avant d'avoir obtenu la réponse. Sa méthode rappelait à Richard celle des interviewers de télévision explorant la personnalité d'un homme ou d'une femme en vue. Il se sentait flatté par l'intérêt qu'elle lui portait et s'efforçait à la franchise, pour obéir aux règles du jeu. Elle l'impressionnait, le fascinait, tout en elle était bon à capter : sa beauté, sa grâce, le son de sa voix, son odeur et la manière dont elle accomplissait le moindre geste après l'avoir préalablement pensé. Jamais Richard n'avait rencontré un être doté d'un tel charme.

Les heures passèrent. Elle remplit souvent son verre. Puis elle mit de la musique. Elle possédait une chaîne hi-fi savamment dissimulée dans la pièce et qui recelait, en magasin, toutes les valses de Brahms.

L'ambiance, la griserie née du trouble qu'elle lui causait, le whisky et la musique, tout contribuait à faire de cette soirée une sorte de fête en demi-teintes, capiteuse et feutrée. Il savait qu'elle voulait l'apprivoiser, en femme qui a tout son temps, avec, en prime, celui des autres.

L'apprivoiser pour le peindre ou pour l'aimer ?

A un certain moment, il sentit que la tête lui tournait. Quelque chose l'avertit que des instants de cette qualité ne pouvaient trop se prolonger sans risquer de s'abîmer et il demanda la permission de se retirer. Elle se leva de bonne grâce, sans protester. Richard demanda alors à voir les fameuses peintures d'Erika, mais la jeune femme fit non de la tête, en souriant et murmura : « Demain ».

Il n'insista pas puisque ce « demain » constituait en soi une nouvelle invitation.

Richard s'enhardit à poser ses lèvres maladroites sur la main qu'elle lui tendait. Il cherchait des mots à la mesure de ce qu'il ressentait, n'en trouva pas ; et probablement que ce fut mieux ainsi.

XVII

C'était la première fois qu'elle lui rendait visite dans sa chambre.

Elle se tenait debout devant son lit, lourde, infiniment, dans une robe de chambre de soie bleue, les joues bouffies, les lèvres molles, le regard hésitant. Il pensa qu'elle ne s'était pas rendue une seule fois chez un coiffeur depuis leur installation à Berne. Ses cheveux gras formaient des sortes de grumeaux. Elle avait tout d'une souillon, de la femme à la débine qui ne réagit plus. Pourtant, par-delà son aspect pénible et veule, elle paraissait contenir une agressivité sournoise.

— Salut, fit Richard. Alors, ça marche le ménage ?

Il ne ressentait plus de jalousie, s'étonnait d'avoir pu en éprouver. Catherine, en une soirée, avait été reléguée dans le clan des choses vénéneuses. Jusqu'alors, elle lui offrait une certaine puissance, une forme d'affranchissement, à présent, elle menaçait sa sécurité.

— Vous savez bien que je hais cet homme ! répondit Catherine.

Il fit un vilain bruit avec ses lèvres pour exprimer, avec impertinence, sa totale indifférence pour la question.

— Ça ne peut plus durer, déclara-t-elle.

— Pourquoi, puisque cela a commencé ? Puisque cela a été possible ?

Elle haussa les épaules.

— C'est un homme plus dangereux que vous ne l'imaginez.

— Mais j'en suis persuadé. En fait, les hommes vraiment dangereux, ce sont les hommes de son acabit. Des types à gueule de minus, mais dingues.

— Où avez-vous été, hier soir ? demanda-t-elle, presque pudiquement.

Il fronça les sourcils. Elle n'allait pas se mettre à vérifier son emploi du temps, tout de même !

— Berne *by night*, répondit-il.

— Vous comptez sortir encore ce soir, Richard ?

— Ce soir et les autres soirs, oui. J'ai vingt-quatre ans, et les joies du scotch sont encore pour moi très secondaires.

— Vous voyez des filles ?

— Qu'est-ce que ça peut bien vous foutre ? De quoi je me mêle, merde ! Faites-vous tromboner par votre maître chanteur, puisque c'est aussi un maître-queue, et ne vous occupez pas de ma vie privée.

Elle eut le regard brillant de larmes.

— Richard, murmura-t-elle, il ne faut pas me laisser en ce moment. Ce qui se passe ici est très grave, vous le savez. Ce n'est pas en allant traîner les bars que vous m'aiderez à résoudre le problème...

— Vous le résolvez d'une autre manière, ricana le jeune homme.

— Si je vous dis que c'est grave...

Elle essuya ses yeux, mais les larmes continuaient de ruisseler sur sa face meurtrie par la vie et l'alcool.

— Il s'est mis dans l'idée de vous faire disparaître, Richard !

Il se sentit de glace, brusquement. Si un médecin lui avait annoncé qu'il était atteint d'une maladie mortelle, certainement, il aurait éprouvé ce vide intense à l'estomac, cette sensation irréelle de regarder sa vie de l'extérieur.

— Comment, me faire disparaître ?

— C'est cela sa rançon. Il exige de m'épouser, mais auparavant, il veut vous supprimer afin, dit-il, que nous puissions repartir de zéro. Vous constituez, toujours selon lui, un danger puisque vous êtes le témoin numéro 1 de... Enfin voilà, il cherche un moyen de vous détruire sans risques pour lui ni pour moi. Evidemment, je pourrais vous donner de l'argent afin que vous partiez, mais il risquerait de réagir de façon désastreuse s'il ne vous retrouvait pas. Il est fou, quoi ! ·

— Me tuer ! fit Richard.

Les deux mots le rendaient incrédule. Pour un peu, il les aurait presque trouvés risibles.

— Ce qui est surprenant, c'est la haine que vous lui inspirez. Pas seulement à cause du coup de poing. Avant, déjà. Il a une façon de vous regarder qui fait froid dans le dos.

Richard laissa passer l'étourdissement que cette incroyable nouvelle lui causait. Il devait réagir.

— Si je comprends bien, vous n'êtes pas d'accord pour qu'il me tue ?

Elle haussa les épaules.

A cet instant, on frappa. Le visage rose d'Etienne passa par l'entrebâillement.

— Pardonnez d'interrompre le tendre entretien, fit-il, mais c'est la vieille qui fait un foin du diable. Je pige rien à son charabia. Babel ! M'est avis qu'elle veut te flanquer sa démission. Probable que sa délicate auxiliaire lui aura raconté l'épisode amoureux d'hier... Peut-être aussi qu'elle est courroucée parce qu'elle vient de découvrir que nous faisons chambre commune. La jeune veuve qui se farcit un acolyte, alors que l'herbe n'a pas encore eu le temps de pousser sur la tombe du cher défunt, vachement *shocking* pour la vieille carne qui a probablement connu ce bon Zimner dans les langes.

Catherine lança un regard suppliant à Richard, afin

de lui demander de ne pas faire état de ses confidences. Puis elle sortit. Les deux hommes tendirent l'oreille. Ils perçurent une longue diatribe de la vieille voisine, dans son parler guttural. Elle se montrait véhémente et n'attachait pas d'importance au fait que son interlocutrice ne pouvait la comprendre.

— Tu parles d'un dialecte, gouailla Blanchard. Une vraie maladie de gorge ! Quelle idée ils ont eue d'inventer un charabia pareil, ces mecs ! Tu les imagines, en train de parler d'amour avec ces borborygmes ?

Il s'assit au pied du lit de Richard et se mit à contempler sa future victime d'un œil de propriétaire. Connaissant les intentions du photographe, Richard se sentit défaillir.

« Il veut ma mort, se disait-il. Il souhaite que je sois détruit, anéanti. C'est chez lui presque un besoin : il convoite ma fin, comme on convoite une femme ou une situation. »

— Alors, la chasse, hier soir ? demanda Etienne.

— Fous le camp de ce lit, sinon je t'écrase la gueule ! dit sourdement Richard.

Etienne se dressa d'un bond. L'expression du jeune homme dut le terrifier car il sortit sans s'offrir la pirouette d'une réplique sarcastique, selon sa bonne habitude.

Richard s'allongea sur sa couche, comme épuisé par un effort. Ses réactions brutales le dopaient. Elles le renseignaient à son sujet, lui montraient que, malgré toutes ses veuleries, il restait un homme.

La vieille voisine partit après s'être fait régler, en proférant des cascades de phrases chargées probablement de présages et de malédictions.

Catherine annonça qu'on « ferait » désormais sans aide. Chacun s'occuperait de sa chambre et tous assumeraient les servitudes des repas.

Richard resta plus d'une heure dans son bain, non

144

sans avoir verrouillé la porte de sa chambre. L'eau tiède calma ses nerfs. Il finit par se dire que les menaces d'Etienne à son propos visaient seulement à impressionner Catherine. Il se remit à penser à Erika, et alors le soleil revint en lui.

A la fin du déjeuner, tandis que ses compagnons touillaient leur café en silence, il se leva et demanda à Catherine la permission de téléphoner à son père. Il composa le numéro au cadran, sur le poste du couloir, afin que Blanchard pût entendre. L'idée lui en était venue en mangeant. Et le besoin. Depuis un certain temps, la nostalgie de la famille le poignait.

Ce fut le docteur Lempleur en personne qui répondit. Richard se rappela que, pendant les heures du repas, la vieille Mathilde, l'assistante de son père, rentrait chez elle. Et c'était le médecin qui recevait personnellement les appels téléphoniques.

Il possédait une voix professionnelle pour les clients.

— Le docteur Lempleur écoute !

Un peu pompeux. Cela faisait notable de province... Richard en fut attendri.

— Papa, murmura-t-il.

Il y eut un silence incrédule. Puis la voix du praticien fit, sur un autre ton :

— Comment ! C'est... c'est toi, Richard ?

— Oui, papa. Je voulais prendre de vos nouvelles. Ça va à la maison ?

— Oui, bien sûr...

Et, à la cantonade :

— Germaine ! C'est Richard !

Il crut déceler l'exclamation de sa mère, depuis leur salle à manger. « Mon Dieu » ! Avec un accent chantant...

Suivait un brouhaha de chaises remuées, de cris...

— Et toi, mon garçon, ça va ?

— Très bien. Je m'ennuie de vous. J'irai sûrement bientôt vous voir.

— Où es-tu ?

— En Suisse, à Berne. Tu as de quoi écrire ? Note mon adresse...

Il la dicta, lettre par lettre, minutieusement, la fit répéter...

— Pas Zimmer, papa : Zimner. Avec un n après le m. Oui, voilà...

Ensuite il y eut sa mère. Des sanglots. Des promesses. Des mensonges. Oui, il séjournait en Suisse pour son travail. Un éditeur helvétique s'intéressait à sa musique. Il irait à la maison pour Noël, juré !

Quand il raccrocha, réchauffé de la joie qu'il avait lancée à travers l'espace, une peine un peu sucrée nouait sa gorge. Tout ça existait donc encore, et il n'en profitait pas. Sous prétexte d'indépendance, il négligeait ces êtres qui mouraient un peu chaque jour.

Il revint à la cuisine, enregistra avec satisfaction le regard charbonneux d'Etienne Blanchard.

— Touchant, dit ce dernier. C'est beau, la famille, hein ?

— Irremplaçable, répondit Richard.

— Ils doivent être heureux de ta réussite, tes vieux ?

Le garçon ne répondit pas au persiflage.

Comme les magasins fermaient tôt, il se rendit dans l'après-midi chez un grand fleuriste du centre et fit livrer une corbeille de roses chez Erika Labbo.

— Vous joignez une carte ? demanda la marchande.

Richard répondit affirmativement et comme, naturellement, il ne possédait pas de carte de visite, il se rabattit sur un rectangle de bristol blanc mis à sa disposition par le magasin. Il hésita, soucieux de rédiger quelque chose de senti. Comme le génie ne venait pas, il écrivit simplement, en haut de la carte : « *Chère vous.* » Puis, il laissa toute la surface blanche et signa au bas du carton. Peut-être ce message qui n'en était pas un (tout en étant beaucoup plus), paraîtrait-il audacieux ? N'importe : il se sentait téméraire.

Il téléphona à la maison pour prévenir qu'il ne rentrerait pas dîner et tomba sur Etienne.

— Elle est belle, au moins ? fit le photographe.

Richard raccrocha. Il n'était pas fâché de montrer son indépendance. Blanchard était le genre de crapule qu'il fallait dominer si on tenait à l'impressionner.

Il alla au cinéma, vit une moitié de film de série B français, qui se prétendait comique, et, une fois sorti de la salle, entra dans un café où il but trois décis de fendant. Il se sentait à la fois bien et fiévreux. La perspective de retrouver Erika le surexcitait. Il mangea des filets de perche dans un restaurant, but deux cafés qui achevèrent de le faire trembler, et se rendit au 4 de la Kinderstrasse.

Il ne lui restait plus beaucoup d'argent sur la somme que lui avait remise Catherine, le premier jour de leur arrivée.

Richard décida qu'il lui en redemanderait. Après tout, Catherine était là pour ça.

XVIII

Comme la veille, il sonna à la conciergerie automatique.

Comme la veille, la voix aérienne d'Erika lui enjoignit de monter.

Il retrouva avec un rare bonheur l'odeur capiteuse de la maison, l'escalier capitonné, les tableaux dont le pompiérisme maniéré convenait bien, après tout, à l'ambiance générale de cet immeuble de poupée plein d'une âme languissante.

Contrairement à la veille, Erika ne l'attendait pas au premier. Lovée sur un pouf de velours, elle téléphonait. Elle lui fit signe d'approcher, lorsqu'il émergea de l'escalier, puis de s'asseoir.

— Justement, le voici, annonça-t-elle.

— C'est Karl ? interrogea Richard à mi-voix.

Elle battit des cils.

— C'est cela, je lui dis. A bientôt, grand requin fou !

Elle fit miauler un baiser dans l'appareil et raccrocha.

— Il me charge de vous transmettre ses amitiés, annonça Erika.

Il se leva, pressa la main qu'elle lui tendait, dolente, comme si elle avait voulu lui montrer une bague.

— Pourquoi l'appelez-vous grand requin fou ? demanda le jeune homme en riant.

— Parce qu'il est redoutable en affaires, mais un peu foufou dans sa vie privée. Je vous remercie pour vos fleurs, Richard, et plus encore pour le mot qui les accompagnait. Il faudra qu'un jour vous remplissiez les blancs.

Devant une telle invite, aussi directe, Richard se troubla. Mais elle poursuivit, de son ton mesuré et vibrant :

— D'ailleurs, vous êtes plein de choses à dire, si je puis m'exprimer ainsi. Et vous avez raison d'attendre de savoir parler pour les dire. Ah, ce soir, c'est décidé, je vous montre mes œuvres...

Elle lui prit la main et l'entraîna vers l'escalier. Le second étage se composait de la chambre d'Erika ainsi que d'une salle de bains transparente, entièrement vitrée. La pièce correspondait au salon du premier, tant par ses dimensions, sa disposition que par son atmosphère cocotte 1900. Un lit capitonné, des meubles Louis XV délicats, aux sourdes dorures, des miniatures, encore, et des tissus de soie aux murs. Richard foula avec une émotion affûtée les délicats tapis aux tons pastel. La vue du lit l'émut et il se sentit harcelé par des désirs flous qu'il n'avait pas envie d'assouvir.

Erika poursuivit l'ascension. Le troisième étage constituait son atelier. Des tuiles de verre l'éclairaient. Les murs au crépi rude se chargeaient de toiles très éclectiques, mais dont l'essentiel pourtant se composait de portraits. Elle avait du talent, indéniablement, un talent classique mais sûr, et même du métier. Il n'eut aucune peine à gonfler son admiration. Il dit qu'il préférait ses autoportraits, et vraiment, il s'agissait bien des meilleures œuvres de l'artiste. En les contemplant, on était frappé par le narcissisme du personnage. Erika Labbo s'aimait et se le démontrait. Elle savait exalter sa beauté, mettre en évidence son regard de lumière, démontrer d'un trait sûr la parfaite harmonie de ses traits. Elle parut sensible aux louanges de son invité. Richard évitait les clichés habituels et son admiration pour Erika, étendue à son art, le portait au lyrisme.

Après qu'il eut tout regardé, tout commenté, elle lui désigna un énorme cahier de croquis, sur une table basse. Richard le feuilleta et eut la surprise ravie de se reconnaître. Elle l'avait croqué de mémoire. Et c'était bien lui, terriblement lui, avec son air à la fois insolent et craintif, avec son regard triste et hardi ; lui, en quelques coups de crayon, campé dans ses tourments. A regarder les dessins, il s'apercevait qu'il n'était pas exactement beau, mais qu'il possédait une gueule, qu'il n'était pas précisément mélancolique, mais plutôt sauvage ; qu'il n'avait rien de gentil, mais que sa dureté se teintait de scepticisme. Aucun miroir, jamais, ne lui avait accordé le reflet de son âme. Aucune photographie ne lui avait rendu exactement compte de son physique. C'était une révélation. Il faisait sa connaissance.

— Extraordinaire de vérité ; mon Dieu, comme vous me devinez, comme vous me connaissez, vous me faites un peu peur !

— Parce que vous avez peur de la vérité ! riposta Erika. Oui, je pense vous capter assez aisément. Les doigts me démangent, voulez-vous que nous commencions tout de suite une séance de pose ?

Elle le poussa sur un vieux canapé défraîchi à accoudoirs de bois. Elle-même s'assit sur un tabouret pivotant, face à son chevalet porteur d'une toile blanche comme un écran.

Elle caressa le grain de la toile du bout des doigts, amoureusement.

— Tout est possible, encore, soupira-t-elle. Et puis je vais poser de la couleur sur cette blancheur et le désordre naîtra, le tourment de la création...

— Quelle attitude dois-je prendre ? demanda le garçon.

150

— Ce sont les mannequins qui ont des attitudes, Richard. Continuez d'exister en essayant de m'oublier. Parlez-moi. Moi je parle peu en travaillant, par contre j'aime écouter, et quand je n'ai pas d'interlocuteur, je me mets de la musique.

Comme toujours, lorsqu'on demande à quelqu'un de parler, Richard garda le silence. Le fait qu'elle l'étudiât le figeait en lui-même. Il se solidifiait, devenait granitique. Mais elle s'abstint de le solliciter, sachant très bien qu'une période d'adaptation était nécessaire et qu'une fois apprivoisé, il redeviendrait lui-même.

— Je peux voir ?

— Il n'y a pas grand-chose à voir.

Effectivement, la technique d'Erika s'écartait des règles enseignées aux Beaux-Arts. Elle peignait son modèle sans tracer sur sa toile de croquis préalable. Cela ressemblait presque à de la broderie. Elle exécutait de petites fractions du personnage, infimes : le lobe de l'oreille, un sourcil, l'arrondi du menton, une mèche de cheveux...

— On dirait que vous reconstituez un puzzle, remarqua Richard.

— En effet, reconnut Erika, c'est un peu cela. Votre volume, vos traits, vos caractéristiques, je les ai étudiés préalablement, sur le papier. A présent, je vous restitue. Je vous tisse au gré de mon humeur ou de mon inspiration. Peu à peu, tout cela se rassemblera, soyez rassuré.

— Je n'ai pas peur.

Il aimait l'atelier, parce que c'était un endroit moins encombré, plus vrai, donc plus solide que les autres pièces. Il y respirait plus librement. Le canapé excepté, il n'y avait comme meuble qu'une vieille commode délabrée dont les tiroirs demeuraient constamment ouverts.

Erika venait de travailler pendant près de deux heures. Ils avaient dit fort peu de choses et elle avait fort peu avancé le portrait. Pourtant, elle semblait fatiguée.

Il lui en fit la remarque.

— C'est vrai, dit-elle, la tension nerveuse me tue. Après une séance de travail, je suis épuisée.

Ce soir-là, elle portait un pantalon de soie noire, très large, et un chemisier vert boutonné haut. Il nota qu'elle avait travaillé sans se protéger contre d'éventuelles éclaboussures.

— C'est curieux, moi aussi, cela m'a fatigué, dit Richard.

— Normal, vous participez, c'est en somme un échange...

Il prit une pose relaxe sur le canapé, les jambes allongées devant lui, le dos glissé sur le dossier, la tête légèrement renversée.

— Vous voudriez peut-être descendre au salon ? suggéra Erika.

— Pas spécialement, on est bien, ici.

— Vous avez raison : il ne faut jamais rompre une ambiance, c'est si difficile à créer ! Si délicat... Vous savez, les Suisses l'ont bien compris : la plupart d'entre eux ne passent pas au salon pour boire le café et les liqueurs, mais restent à table. Ils savent qu'autrement tout se disloque, puisque les places changent, et les conversations, et la température.

— Vous sortez beaucoup ?

— Non, jamais. Je suis enfermée dans cette maison comme le ver à soie dans son cocon. Parfois, je reçois, lorsque Karl est ici. Pour lui faciliter les choses, dans ses affaires... Des banquiers, des conseillers juridiques. Pas folichon. Lui nage dans leurs conversations comme un poisson dans l'eau, moi je me retiens de bâiller et je pense à mes toiles.

Elle vint s'asseoir à son côté, renversa la tête en arrière et ferma les yeux.

Richard perçut sa chaleur, et aussi son parfum bizarre qui se faisait plus intense.

— Vous savez, fit-il, je suis fou de vous.

Cela lui échappa, un peu comme lui avait échappé le coup de poing au menton d'Etienne.

Elle ne répondit pas tout de suite. Ce ne fut qu'un instant plus tard qu'elle soupira :

— Je sais.

Sa voix ressemblait à la volupté. Il lui prit la main. Elle pressa la sienne. Alors il approcha ses lèvres des lèvres d'Erika et ils échangèrent un ardent baiser qui lui mit le corps en feu. Il eut cette brusque fougue de mâle que son besoin de s'assouvir rend brutal et maladroit. Il se jeta contre elle. Elle le repoussa, sans hâte, mais avec force.

— Ne faites pas la petite brute, Richard !

Elle le calma aussitôt, simplement par sa ferme assurance.

Il s'écarta d'elle, boudeur. Erika sourit mystérieusement et laissa couler sa main de l'épaule de Richard au bas de son ventre. Circonspects, les doigts errèrent sur son pantalon, comme pour chercher la preuve de son émoi. Ils la trouvèrent et, savamment, la caressèrent à travers l'étoffe. Il se cambra, avide de caresses plus poussées. Le devinant, elle actionna la fermeture du pantalon, sa main plongea et, sans hâte, dégagea le sexe de Richard. Il se produisit alors une sorte de temps mort. Erika lâcha la virilité de son compagnon, quitta le canapé et alla éteindre la lumière. La pièce ne fut plus éclairée que par la cage d'escalier et, vaguement, aussi, par le reflet pâle de la lune sur les vitres de verre dépoli.

Erika revint au canapé, se lova entre les jambes du garçon. Elle frotta longuement ses joues, puis ses lèvres closes contre le sexe tendu, vibrant, que ses menues caresses gonflaient désespérément.

Il serrait les dents pour ne pas crier ; se retenait de la supplier.

Elle paraissait jouer avec son désir, ou plutôt jouir de son attente exaspérée.

A la fin, elle le prit dans sa bouche. Sa langue s'activa, légèrement au début, puis avec frénésie tandis qu'elle imprimait à sa bouche le mouvement libératoire qu'il souhaitait de tous ses sens.

XIX

Il était rare que Catherine conduisît, aussi furent-ils surpris lorsqu'ils la virent quitter la propriété au volant de la voiture.

Elle pilotait si mal, décidément, qu'elle faillit percuter l'un des pilastres du portail.

Etienne éclata de rire.

— Ah, les gonzesses au volant, tu parles d'un poème !

— Où va-t-elle ? demanda Richard.

— Moi pas savoir, mon z'ami ! La mémère rien dire...

Il semblait d'excellente humeur ; Richard pensa que cela devait cacher quelque chose. Il détestait les excès de jovialité du photographe.

— Vous avez l'air de tenir le moral, ce matin ?

— Ouais, j'ai les chromosomes en folie, mon pote.

— On peut connaître la raison de cette grande joie ?

Etienne Blanchard lui flanqua une bourrade.

— Tu la connaîtras bientôt, promit-il.

Richard en eut le cœur qui lui fit mal. La menace était évidente. Il ne savait plus rien des funestes projets d'Etienne, Catherine lui faisait la tête, à cause de ses sorties nocturnes et le fuyait systématiquement dès qu'il tentait de s'approcher d'elle. L'atmosphère de la maison se dégradait. Depuis que personne ne venait plus de l'extérieur pour faire le ménage, tout partait en digue-digue. Aucun des trois occupants ne se souciait de balayer, voire simplement de laver la vaisselle, les assiettes sales s'accumulaient par piles entières le long des murs de la cuisine. Un vrai naufrage !

Oui, l'atmosphère avait changé. Tout à son bonheur, Richard ne s'en était point trop soucié, et voilà qu'il comprenait qu'une tragédie était imminente. Fallait-il que le charme d'Erika fût opérant pour lui avoir fait oublier le danger que constituait Blanchard. Pourtant, il gardait au fond de lui-même une curieuse incrédulité à propos de ce danger. C'était un garçon épris de logique, le cartésianisme de ses aïeux coulait toujours dans ses veines. Il s'expliquait mal ce qui avait pu motiver la haine du photographe à son endroit. Somme toute, il ne lui avait causé aucun préjudice ; au contraire : il lui fournissait des arguments pour affirmer son chantage. Une antipathie, même très forte, ne va pas jusqu'à donner à celui qui la ressent des idées de meurtre sur la personne de celui qui l'inspire. Que Blanchard fût un excessif, voire qu'il eût l'esprit quelque peu dérangé, ne justifiait pas pareille haine.

— Je me crois chez le toubib, fit Etienne.

— A cause ?

— Tu me regardes comme si tu cherchais à poser un diagnostic sur ma santé.

— Il y a un peu de ça, assura gravement Richard.

L'autre prit tout de suite son air mauvais de type qui se rebiffe sans cesse parce qu'il se croit toujours attaqué. Dans le fond, c'était un hyper-craintif ; tout l'effrayait.

— Explique.

« Après tout, pourquoi pas ? » songea Richard.

— Je ne parviens pas à comprendre ce qui vous pousse à me détester.

— Ah, non ?

— Non. D'accord, j'ai eu des gestes violents, mais ils n'empêchent pas que je suis votre victime. Oui, votre victime, renchérit le jeune homme en voyant l'autre prendre une expression effarée. Vous arrivez ici en maître chanteur conquérant. Vous annoncez que vous avez barre sur nous et que nous devons nous aligner sur votre bon plaisir. Nous vous subissons. Bon, ça c'est une situation. Et une situation qui vous est favorable, que vous contrôlez. Pourquoi, dès lors, me couver de ce regard sinistre ? Par instants, je lis la haine dans vos yeux.

Etienne Blanchard se détendit.

— La haine, murmura-t-il. La haine ?

Puis il haussa les épaules.

— Je ne sais pas si on peut appeler ça comme ça...

Il s'avança vers Richard, posa ses deux mains sur les épaules de son compagnon et murmura, avec un sourire fluide :

— Toujours est-il que je te dégueule, l'artiste.

— Pour quelle raison ?

— Très bientôt ; je te la donnerai très bientôt, promis, juré. Je ne veux pas que tu meures idiot.

Il le lâcha.

— Tu devrais faire la vaisselle, l'artiste, ça te changerait les idées.

Il prit une pile d'assiettes qui commençait d'investir la table.

— Lave déjà ça, pour commencer, sinon on va bouffer avec ses doigts d'ici pas longtemps.

Richard mit la main derrière la pile et la fit basculer aux pieds de Blanchard.

Etienne considéra les bris de porcelaine sur le sol. Cela faisait un tas impressionnant. Une assiette ayant réchappé au désastre, il la brisa d'un coup de talon.

— Ecoute, l'artiste, murmura-t-il, je vais t'annoncer une chose : tes mouvements d'humeur, c'est râpé. J'en veux plus.

Il plongea la main dans la poche de son pantalon et en sortit un revolver au canon chromé. Il fit basculer le barillet, retira l'une des balles qui le garnissaient et la tendit à Richard.

— 9 millimètres, annonça-t-il. Une arme vachement féroce. J'ai acheté ça ici et depuis qu'elle est dans ma poche, je rêve de te la vider dans les tripes. Surtout ne te tracasse pas pour moi : légitime défense ! Tuer un assassin te vaut des circonstances terriblement atténuantes, tu sais. Garde cette balle pour ne pas oublier ce que je vais te dire, ce sera ton pense-bête. Elle te fera souvenir que tu dois marcher droit. Allez, ramasse tes conneries et lave la vaisselle, toute la vaisselle.

Il se plaça à califourchon sur une chaise et se mit à faire tourniquer le Colt autour de son index, façon cow-boy de cinéma ; mais il manquait d'entraînement et son geste avait quelque chose de puéril.

*
* *

Richard continuait de laver la vaisselle lorsque Catherine revint. Elle découvrit la scène, tressaillit et demanda à Blanchard ce qui se passait.

— Tu vois, je dresse la nouvelle bonne, gouailla le photographe. Elle a des dons, cela ira tout seul !

Il rempocha son arme et partit. Richard regarda Catherine.

— Je vous en conjure, chuchota-t-elle, maîtrisez-vous, il n'y en a plus pour longtemps maintenant ; je m'occupe de tout.

Sur cette promesse, elle s'éloigna à son tour.

Il termina sa besogne, bien que Blanchard ne fût plus là pour le menacer.

Ayant remis la cuisine en ordre, il ramassa la balle posée droite sur un coin de la table et gagna sa chambre. C'était le milieu de l'après-midi ; il faisait un temps maussade. Le jeune homme se dit qu'il n'aurait pas la patience d'attendre la nuit pour aller voir Erika. Il avait besoin d'elle. Besoin de se jeter dans ses bras, puis de s'allonger sur le canapé de l'atelier pour attendre ses savantes caresses. Il chercha dans l'annuaire, trouva son téléphone et l'appela.

Cela bourdonna à différentes reprises, puis on décrocha et une voix d'homme dit quelque chose en allemand. Une voix d'homme. Richard ressentit une navrance de tout son corps. Un homme chez Erika. Un homme qui répondait au téléphone !

Il articula difficilement :

— Pourrais-je parler à Mlle Labbo ?

— Oh, c'est vous ! fit l'homme.

Alors sa misère devint bonheur. Karl Labbo ! Il retrouvait sa voix traînante, son accent harmonieux, sa nonchalance...

— Karl, vous êtes ici ?

— Un simple aller-retour : les affaires ! Je viens à Berne pour y rencontrer un type dont le turban sent le pétrole. Il paraît que ça va très fort, vous, avec Erika, elle ne me parle que de vous...

Richard en resta coi. Il fut horriblement gêné par cette allusion chargée de sous-entendus.

— Eh bien... C'est une femme extraordinaire, fit-il.

— Je vous l'avais bien dit. On prend un pot ensemble, en fin d'après-midi ?

— Avec plaisir, à quelle heure voulez-vous que je vienne ?

— Je préfère en ville. Sept heures au bar de *L'Hôtel de Zurich*, ça vous va ?

— Entendu.

— Je suppose que vous avez quelque chose à dire à Erika ?

— Eh bien... Oui, naturellement.

— Ne bougez pas, je vais vous la dénicher, elle est dans son atelier.

Il y eut un silence qui dura assez longtemps. Richard était certes soulagé que l'homme qui se trouvait chez Erika fût son frère, pourtant, il ressentait une déception à l'idée qu'il ne la verrait pas en tête à tête ce jour-là.

— Richard ?

La voix, la chère voix grave et musicale, vibrante, sensuelle.

— Mon amour... Je vous appelais parce que j'avais besoin de vous voir tout de suite.

— Impossible, Richard, vous le pensez bien, d'ailleurs je vous l'ai dit : jamais dans la journée. Quelque chose ne va pas ?

— A part mon amour pour vous, rien ne va. Erika...

— Oui ?

— Je crois que... Je crois que je vais bientôt mourir...

— Quelle idée !

— Ce n'est pas un pressentiment, ça repose sur des arguments réels.

— Vous me raconterez tout cela demain.

Il eut un cri.

— Demain ! Pourquoi demain, on ne se voit donc pas aujourd'hui ?

— Non, mon cœur, Karl a débarqué sans crier gare et il doit rencontrer ce soir un personnage important d'un pays arabe. Comme ces messieurs tiennent au caractère secret de leur entrevue, j'organise un dîner à la maison. Vous voyez bien que...

— Je vous en supplie, Erika. Cinq minutes, une minute ! Un seul regard.

— Allons, mon cœur, ne faites pas l'enfant. Je déteste qu'on se montre capricieux !

Le ton marquait une certaine impatience, plus exactement de la réprobation.

Il insista :

— Mais je suis malheureux, Erika ! Je suis en danger !

— Il ne faut pas être malheureux : je suis là, et je tiens à vous. Quant au danger, s'il est réel, il faut voir un docteur.

— Ça n'est pas une question de santé.

— C'est quoi, alors ?

— Je ne peux pas vous en parler au téléphone.

— Il faudrait en discuter avec Karl, c'est un homme de grand conseil, attendez...

Elle se mit à parler dans une langue étrangère, puis revint à son interlocuteur :

— Mon frère me dit que vous avez déjà pris rendez-vous, tous les deux ; c'est l'occasion rêvée.

— Mais, Erika, ça n'est pas à lui que j'ai besoin de parler, je le connais à peine ! D'ailleurs, ce que j'ai à dire est terriblement... délicat.

— On peut tout dire à Karl. Allons, du courage, Richard. A demain soir...

Elle raccrocha.

Lempleur se sentit désemparé. Il erra un moment dans sa chambre, comme un prisonnier dans sa cellule. En fait, n'était-il pas prisonnier ? Prisonnier des circonstances, prisonnier de Blanchard, de Catherine, de son amour pour Erika, prisonnier de lui-même ? Et peut-être déjà prisonnier de cette mort qu'on lui annonçait et dont, pour la première fois, il devinait les griffes ?

Il saisit sa guitare.

Karl lui avait promis qu'il aurait du talent le jour où il aurait du chagrin.

Mais la peur n'est pas le chagrin. L'attente de l'amour n'est pas non plus le chagrin.

Il joua pourtant.

Et il lui parut que son instrument possédait des sonorités nouvelles.

A moins que ce ne fût son âme ?

XX

Comme il partait, en fin d'après-midi, pour se rendre au rendez-vous fixé par Karl Labbo, il vit s'arrêter le camion de livraison d'un grand magasin bernois. Deux hommes en combinaison kaki en descendirent un énorme carton d'un mètre sur deux qui, malgré ses dimensions, ne paraissait pas très lourd. Les livreurs lui demandèrent où ils devaient déposer le carton, mais comme Richard ignorait ce qu'il contenait, il héla Catherine, puis partit.

Karl était en avance. Il occupait une table, dans le fond d'un bar élégant, de style anglais, où l'acajou dominait. Lempleur éprouva une légère surprise en l'apercevant, parce que le frère d'Erika ne ressemblait pas exactement au souvenir qu'il avait conservé de lui. La nuit de leur rencontre, dans la pénombre du night-club, il avait mal pu juger des « couleurs » de son compagnon du comptoir. Car les êtres sont en couleur, ce que tout le monde paraît oublier. Richard, quand il évoquait un individu, se remémorait avant toute chose sa coloration. Ainsi, il avait dans l'esprit le gris jaune de sa mère (qui était de lointaine origine espagnole), l'écru marqué de violine de son père, et, plus près, le bistre de Catherine et le rose goret d'Etienne Blanchard. Non, il ne se rappelait plus l'ocre de Karl. Il n'avait pas remarqué ses nombreuses taches de rousseur, autour du nez, fines mais d'un or très intense. Le reste de la peau avait la couleur de la terre de l'Estérel, atténuée près des oreilles par des traces de poudre.

Son regard bleu tirait sur le vert et semblait atteint de myopie. Il portait un élégant costume prince-de-galles, à dominante bleue, taillé dans un tissu extrêmement sec et léger. Une gourmette d'or, à grosses mailles, cliquetait à son poignet droit.

Il se leva, fit deux pas en avant pour accueillir le jeune homme.

— Richard, quel plaisir ! (Il prononçait Rit-châârd, à l'anglaise).

Il semblait réellement charmé par leurs retrouvailles. Il sentait bon, il était gai et beau. Le moindre de ses gestes révélait la nature de ses mœurs.

— Je vous ai fixé rendez-vous en ville, plutôt qu'à la maison, parce que je souhaitais vous parler en tête-à-tête, Ritchâârd...

Il attaquait immédiatement, en type direct habitué aux affaires. Richard s'étonna de n'avoir pas pensé que ce rendez-vous était autre chose qu'une banale mondanité. Il redouta la suite, pensant que si Karl voulait lui parler hors de la présence d'Erika, c'était pour lui dire des choses désagréables.

— Que prenez-vous ? Moi, c'est un Pim's.

Labbo désignait un verre empli d'un liquide ambré dans lequel macéraient une quantité de fruits exotiques et de végétaux variés.

— J'adore, à l'apéritif, et puis c'est si joli, n'est-ce pas ? Vous en prenez un aussi ? Oui ?

Il leva le bras, fit claquer ses doigts, désigna au barman, d'un geste enroulé, son verre, puis Richard...

Il regardait celui-ci avec un sourire réfléchi.

— Vous avez quelque chose de changé depuis notre première rencontre, annonça-t-il. Une espèce de maturité, si vous voyez.

Richard hocha la tête pour confirmer qu'effectivement il se sentait comme modifié depuis leur soirée du *Paris-Folie*.

— N'est-ce pas qu'Erika est ensorcelante ?

— C'est le mot !

— Je me doutais que vous lui plairiez, cependant je n'imaginais pas que ce serait à ce point.

Des ondes de bonheur enveloppèrent Richard.

— Vraiment ? bredouilla le jeune homme.

— J'ai débarqué sans crier gare ; à peine le temps de l'embrasser, il n'était plus question que de vous. Dites, le tableau vient bien, non ? On sent qu'il est peint avec âme.

— Il me semble, en effet.

Karl attendit que le serveur eût déposé le Pim's devant Lempleur pour continuer. Il lui porta un toast muet et tira une goulée au chalumeau rose planté dans le breuvage.

— Je suis un peu jaloux de vous, vous savez, fit-il avec un léger ricanement. Comprenez-vous qu'on puisse être amoureux d'Erika même en étant son frère ?

— Oh, très bien. Ce que je ne comprendrais pas, c'est qu'on puisse ne pas l'être, même en étant sa sœur !

Et il fut affolé de s'entendre dire cela, car sa boutade pouvait paraître allusive à Karl. Il voulut se rattraper, s'enferra davantage, gauchement. Labbo éclata de rire.

— Ne vous tracassez pas, Richard, je vois parfaitement ce qui vous tracasse. Vous ne m'avez pas blessé car j'ai très bien compris le sens de votre réflexion. Et puisque nous voici sur ce chapitre, j'aimerais que nous le développions un peu.

Il joignit ses mains. Une énorme chevalière d'or ornée d'un brillant l'obligeait à écarter son auriculaire de son annulaire, ajoutant une grâce supplémentaire à sa main d'artiste ou de prélat.

— Parlons net, Richard, vous aimez Erika et elle vous aime, n'est-ce pas ?

— Je l'aime, dit Lempleur avec ferveur, et si elle m'aime, c'est que Dieu existe.

Karl approuva gravement.

— Comment voyez-vous l'avenir ? demanda-t-il.

Le mot fit se rembrunir Richard. Avenir... L'image satanique d'Etienne Blanchard passa sur sa félicité comme l'ombre bleue d'un vol de corbeaux.

— Eh bien...

Labbo le coupa :

— Entendons-nous, je ne joue pas les grands frères qui viennent demander à l'amoureux de leur sœur ce que sont ses intentions. Il n'est pas question que vous l'épousiez !

L'affirmation ruina l'euphorie de Richard.

— Et pourquoi donc ? se rebiffa-t-il.

L'autre parut embarrassé.

— Mais parce que... Pour des tas de raisons. Je pourrais vous faire valoir qu'elle est plus âgée que vous, tout ça...

— Vous pourriez surtout me faire valoir qu'elle est riche et moi pauvre, n'est-ce pas ?

Karl secoua la tête.

— Voyons, ce sont là des arguments pour mélodrame d'avant-guerre, il n'y a plus que chez les paysans qu'on tient encore ce genre de langage, Ritchâârd ! Non, la vraie raison, je vais vous la donner. En fait, nous sommes ici pour ça. Au téléphone, Erika m'entretenait beaucoup de vous. Je sentais que c'était bien parti, vous deux. Mais quand je l'ai vue, j'ai su ce que vous représentiez pour elle. Alors j'ai compris qu'il fallait vous parler sans plus attendre.

— Me parler de quoi ?

— Du drame atroce qui a bouleversé notre existence, à elle et à moi.

Il prit une nouvelle goulée de Pim's, la dégusta.

Et Richard attendit la suite, mort de trac.

— Je vous ai dit que nous étions d'origine hongroise ? Une grande famille juive de Budapest. Papa était banquier, là-bas. A l'avènement du nazisme, il a flairé ce qui allait se passer en Europe et, peu avant la guerre, il est allé s'installer en Angleterre. Nous sommes nés dans la banlieue de Londres, ma sœur et moi. Une grande propriété avec des pelouses comme il est impossible d'en trouver de semblables ailleurs. Et puis un bois de hêtres, avec une petite construction au milieu, qu'on appelle, je crois, un « temple d'amour ». Vous voyez ce que je veux dire ?

— Il me semble.

— Mon père avait emmené avec lui son personnel hongrois. Entre autres un couple qui était très attaché à sa famille. Lui, servait d'homme à tout faire ; elle, était cuisinière et elle mijotait des trucs au paprika absolument terribles. Au bout de quelques années, elle est morte d'un cancer. Je ne sais pas alors ce qui s'est passé, l'exil et le veuvage réunis ont complètement chamboulé l'esprit du bonhomme. Il s'est mis à boire, à divaguer. Peu à peu, il s'est démis de ses fonctions. Papa aurait souhaité qu'il retourne en Hongrie, mais il y avait eu la guerre, le régime avait changé, il n'a pas osé obliger son fidèle serviteur à nous quitter. Nicolas est donc resté. Il habitait une chambre au-dessus du garage et aidait vaguement le jardinier qu'on avait dû engager pour le remplacer. Il liquidait des quantités folles de bière brune... Moi, je l'aimais bien. J'allais avec lui dans le bois. Il chassait les pies avec un arc aux flèches à embout caoutchouté qu'on m'avait offert. Il n'en atteignait jamais, n'empêche que ça lui donnait un grand prestige à mes yeux. Il était l'adulte qui, en se servant de mon jouet, l'ennoblissait, vous comprenez ?

Richard acquiesça. Karl sourit à son passé. Un sourire plein de désenchantement.

— J'avais sept ou huit ans à l'époque. Nicolas déraillait de plus en plus. Un jour, il s'est mis à me cajoler. Puis à me tripoter. Je vous passe les détails, c'est le genre d'évocation pas très agréable, Ritchâârd... Toujours est-il que c'est devenu une habitude. J'y prenais un certain plaisir. Je ne veux pas dire qu'il ait fait dévier mes mœurs, peut-être un psychanalyste pourrait-il m'éclairer sur ce point, en tout cas il m'a orienté, fatalement. Bon, attendez... Cela a duré plusieurs années. Un rituel. Ma sexualité, c'était ce pochard délirant. Quand Erika a eu quatre ou cinq ans, il l'a mêlée à nos tristes jeux.

Les larmes vinrent aux yeux de Richard. Il imagina Erika, si noble, à la beauté si pure, subissant les attouchements d'une brute en délire.

— Vos parents ne s'apercevaient donc de rien ?

— Non. Mon père passait sa vie à la banque, et ma mère était une personne assez frivole. Je ne dis pas « légère » : frivole. Une perruche jacassante et enfanfreluchée qui se souciait davantage de ses « thés » que de ses enfants.

« Bon, je ne tiens pas à vous relater ces affreuses séances dans le temple d'amour ! O dérision. Ce que je veux vous dire, ami, c'est que Nicolas, un après-midi qu'il était plus ivre que d'ordinaire, a violé ma sœur. J'étais là. Ce fut une scène épouvantable. Epouvantable. Elle hurlait. Je suppliais ce salaud de la laisser. Mais il la forçait comme un animal en rut. Elle a failli mourir. Je vous passe sur la suite, Erika en clinique, le scandale, mon père désespéré, l'autre monstre placé dans un asile, et moi, faussé à tout jamais. Dévié, comme ils disent dans les revues parascientifiques... »

Les larmes roulèrent sur les joues de Richard. D'autres suivirent. Il se sentait irrémédiablement blessé par le passé d'Erika.

— C'est à la suite de ce drame qu'on nous a installés en Suisse, ma sœur et moi. Pour nous changer d'univers, comprenez-vous ? Erika y est toujours restée. Maintenant, vous devez vous demander pour quelle raison je vous ai révélé cette tragédie. Eh bien, c'est parce qu'il en est résulté pour ma sœur un traumatisme définitif, Ritchâârd : jamais, jamais, entendez-vous, elle n'a pu avoir de relations complètes avec un homme. Vous voyez ce que je veux dire ?

A tout bout de champ, Karl émaillait ses phrases de questions qui, en fait, n'en étaient pas véritablement. Ses « comprenez-vous » et autres « n'est-ce pas » ou « vous me suivez » lui servaient plutôt de ponctuation. Ils constituaient un tic.

Comme Richard restait muet, Karl reprit :

— Car vous l'avez probablement remarqué, mais elle ne s'abandonne pas. Ecoutez, je ne cherche pas à vous arracher des confidences, croyez-le ; mais je sais parfaitement que, malgré l'amour immense qu'elle vous porte, elle ne vous a accordé que des caresses. C'est la première question que je lui ai posée. C'est cela, que je devais vous apprendre, mon ami : Erika ne pourra jamais faire totalement l'amour avec vous. Il faut, il est temps que vous le sachiez et en tiriez les conséquences.

— Quelles conséquences ? demanda Richard. Ça veut dire quoi, puisque je l'aime à en crever ?

Labbo posa sa main sur le genou de Lempleur. Le geste ne contenait rien de provocant.

— Pardon de vous causer cette vilaine peine, dit-il.

— Je l'aime, répéta farouchement Richard.

— Vous aurez donc toutes les patiences ?

— Oh, oui : toutes !

— Et vous saurez renoncer ?

— A elle non, car elle seule compte. Qu'importe le... le déroulement de nos relations ? Que signifie-t-il, au juste ?

— Votre réaction me prouve que vous tenez à elle, dit Karl, et j'en suis très heureux, croyez-le, Ritchâârd. Vous me croyez, n'est-ce pas ? Vivez donc votre amour, tous les deux, mais vivez-le en connaissance de cause.

Il but son verre jusqu'à ce que la paille se mît à grésiller quand il n'y eut plus de liquide.

— Nous allons en reprendre un autre, pas vrai ? Vous êtes un merveilleux garçon. Erika m'a dit que vous aviez des ennuis, de graves ennuis, j'aimerais que vous me les confiiez, puisqu'on se dit tout.

— Non, fit Richard, je n'en ai plus envie. Ils me paraissent inexistants depuis un moment.

— Réellement ?

Lempleur évoqua Etienne et son beau revolver nickelé. Il avait encore la balle dans sa poche et la palpa à travers l'étoffe de son pantalon.

— J'aime mieux pas, déclara le jeune homme.

— Alors vous confierez vos tourments à Erika, murmura Karl, c'est une fille qui peut tout comprendre...

A quelques variantes près, c'était ce qu'Erika affirmait à propos de Karl.

XXI

Il les vit revenir, en fin d'après-midi, et trouva qu'ils paraissaient fatigués comme après un effort physique. Etienne promenait un magnifique coup de soleil qui lui faisait un nez de clown. Depuis plusieurs jours, Catherine et le photographe, rompant avec les habitudes précédemment établies, sortaient tous les jours, après le repas de midi. Ils ne précisaient pas où ils se rendaient. Le couple ne parlait pratiquement plus à Richard. Une rupture s'était progressivement produite, profonde. Et le jeune homme en arrivait à se demander si les deux autres réagiraient dans l'hypothèse où il cesserait de paraître chez Zimner. Etienne ne le regardait plus, paraissait lointain, préoccupé, un peu comme on se mobilise devant l'imminence d'un projet qui devrait modifier votre existence, ou du moins en infléchir le cours. Quant à Catherine, elle semblait continuellement en état de semi-ivresse. Elle vivait entre deux cuites, sans se départir de son air flou et indifférent. On eût dit qu'elle acceptait la bizarre situation, s'y complaisait plus ou moins et n'attendait plus rien en dehors des décisions de son amant.

Blanchard grimpa dans leur chambre pour se changer. Son nez devait le faire souffrir car il le palpait en marchant, comme il l'aurait fait d'un fruit jugé trop mûr qu'on a envie d'évacuer de la corbeille.

Catherine s'en fut boire un verre d'eau gazeuse à la cuisine. Elle l'avala d'un trait, ne put retenir un rot et eut du mal à reprendre sa respiration. Elle grossissait car elle mangeait beaucoup, à tout moment de la journée. Richard la rejoignit, mal à son aise.

— Catherine, appela-t-il.

Elle tourna vers lui sa face bouffie, dans laquelle les yeux se diluaient.

— Hmmm ?

— Pardonnez-moi, mais je n'ai plus un sou. Vous voulez bien me donner un peu d'argent ?

Le climat de la maisonnée se prêtait mal à ce genre de requête.

Catherine détourna son regard en naufrage. On eût dit qu'elle ne comprenait pas, ou qu'elle décidait d'oublier la demande de Richard.

— Vous avez une liaison, n'est-ce pas ? demanda-t-elle.

Elle s'assit, morte de fatigue.

— Quelle idée ! grommela Lempleur.

— 4, rue Kinderstrasse, récita Catherine.

— Vous m'espionnez ?

— Pas moi, lui. C'est quelqu'un à qui vous tenez ?

— Beaucoup.

— Le grand amour ?

— C'est grand, c'est de l'amour, mais pourtant c'est autre chose que le grand amour. J'espère que vous n'allez pas me le reprocher, après... après ce qui s'est passé ici.

Elle réfléchit, fit non de la tête et ramassa son sac à main par la bride. Elle charriait toujours d'immenses réticules pleins de tout. Elle y cueillit quelques billets de cent francs qu'elle jeta sur la table poisseuse. Richard réprima une grimace. Avec un tel viatique, il n'y avait pas de quoi faire la fête. Il se força à dire merci. Catherine se versa un second verre d'eau.

— Heureusement que tout va changer, fit-elle.

— Qu'entendez-vous par là ?

Elle but aussi gloutonnement qu'auparavant. Ensuite elle alla dans le hall pour tendre l'oreille. On entendait couler un bain à l'étage, et un poste de radio branché sur la France débitait de la chansonnette pour salon de coiffure.

— Venez !

Intrigué, il la suivit. Elle sortit par la petite porte du fond, laquelle donnait sur le parc. A quelques mètres de la maison, s'élevait un petit appentis masqué par une ceinture de buis centenaires. Elle marchait vite. Richard se demandait ce qu'elle allait lui montrer. Catherine ouvrit la porte et désigna une chose étrange, au sol. Il était difficile de l'identifier. Cela ressemblait à une immense nasse tissée de gros fil de fer galvanisé. Elle était neuve. D'après ses dimensions, Richard sut qu'il s'agissait de la livraison faite par un grand magasin, quelques jours auparavant. Cette sorte de cage oblongue était fixée sur de gros blocs de ciment armé ayant la forme de traverses de voies ferrées.

— Qu'est-ce que c'est que ça ? demanda-t-il.

Elle remua les lèvres, à vide. Puis, se décidant :

— Votre cercueil.

Richard la regarda :

— Vous parlez sérieusement ?

— Très. Une invention à lui. On doit vous droguer, ensuite vous introduire là-dedans et pour finir vous flanquer dans un coin de lac que nous avons minutieusement repéré. Car, continua Catherine, c'est du bateau que nous faisons, chaque après-midi depuis plusieurs jours. On a loué pour le mois une très belle barque peinte en vert et blanc. Une fois au fond de l'eau, l'endroit étant vaseux, ce machin s'y enlisera, mais les petits poissons vous auront bouffé avant.

— C'est de la folie, articula Richard.

Il se sentait la tête vide. Ainsi donc, comme il le lui

avait été signifié par Catherine, Blanchard tissait patiemmant sa mort, jour après jour. Il l'organisait, la mijotait.

— C'est pour quand ?

Comment pouvait-il encore poser une telle question ? Ne s'agissait-il pas tout bêtement d'une macabre mise en scène ? Catherine n'allait-elle pas éclater de rire, tout à coup, en criant à la farce ? Pourtant non, elle restait là, debout devant la cage d'acier à socle de ciment, l'air songeur. Elle imaginait le fonctionnement de cette étrange machine, en supputait l'efficacité.

Elle parut se rappeler la question de Richard.

— Il a décidé que ce serait pour demain soir, fit-elle. Bon, alors voilà, il faut que vous vous débrouilliez, mon petit.

« Son petit » manquait d'oxygène. La peur s'emparait de lui, une peur uniquement physique. Toute sa chair paniquait devant la nasse neuve aux reflets de poissons.

— Que je me débrouille ? Vous voulez dire, que je parte ?

Brusquement, il la vit s'animer et comprit que la torpeur dans laquelle elle paraissait s'enliser était feinte. Qu'elle constituait un masque, une parade protectrice à l'abri de laquelle Catherine restait toujours aussi décidée et vigilante.

— Sûrement pas ! Ça, jamais ! Je ne vous demande qu'une seule chose, Richard...

— Oui ?

— Je vais aller rejoindre Etienne et je m'arrangerai pour le retenir une heure dans la chambre. Pendant ce temps, allez au bout de la rue. Vous verrez une voiture noire carrossée en fourgonnette, une Volvo. Les clés sont dans la boîte à gants. Vous rentrerez la voiture jusqu'ici et vous chargerez cette cage à l'intérieur.

Le garçon se baissa pour empoigner l'une des deux traverses de béton. Il eut du mal à la soulever de quelques centimètres.

—Mais je n'y parviendrai jamais, se lamenta-t-il.

Catherine eut une lippe méprisante.

— Il le faudra bien, pourtant, déclara-t-elle.

Là-dessus, elle rentra dans la maison.

*
* *

Il pénétra en marche arrière dans la propriété. Catherine avait fermé les volets de leur chambre. Il imagina qu'elle devait faire l'amour avec le photographe, se prêter à des complaisances auxquelles il l'avait habituée.

Une fois l'auto stoppée, à quelques mètres de l'appentis, il ouvrit les portes arrière de la break-fourgonnette. Etienne, en parfait technicien, avait tout aménagé pour faciliter les choses. Un cylindre de bois, une forte corde et une large planche occupaient l'arrière du véhicule, ce qui permettait de hisser puis de descendre la charge plus aisément.

Richard s'étonna de son calme. Il ne pensait plus qu'au ralenti. Son seul objectif était d'obéir à Catherine et de charger la nasse dans l'auto.

Il se sentait inventif, fort et précis. Pour commencer, il sortit la planche devant servir de rampe et la plaça en position inclinée de l'arrière de l'auto au sol. Puis il développa le rouleau de corde, attacha l'une des extrémités à l'un des socles, et fit passer la corde dans l'auto. Elle entrait par l'arrière et ressortait de la Volvo par la portière avant. Ensuite il s'en fut chercher la Mercedes et l'amena devant la Volvo. De la musique pleuvait de la demeure. Catherine devait faire l'amour en chanson. Richard attacha l'autre bout de la corde au pare-chocs arrière du cabriolet. Ensuite il se mit au volant, démarra lentement.

Il y eut beaucoup de fausses manœuvres. Il dut s'y reprendre en plusieurs fois, avant de trouver le bon axe, mais il parvint à ses fins. Au bout de vingt minutes, la nasse se trouvait sur le plateau de la fourgonnette. Richard plaça la planche par-dessus, enroula la corde, et la posa entre la cage et les portes arrière.

Après quoi il alla remettre le véhicule là où il l'avait trouvé.

Le soir venait. Depuis quelque temps, les jours paraissaient diminuer rapidement. Les crépuscules étaient moins verts, plus brefs. Ils prenaient des teintes un peu plombées, comme si le soleil tombait malade.

Le garçon fut sensible à cette mélancolie de la nature. Une fois dans sa chambre, il prit sa guitare et poursuivit la composition d'une chanson qui venait bien. Une chanson simple d'harmonie et de paroles.

> *Qui de la Seine*
> *Ou de ma peine*
> *A charrié les plus lourds chagrins*
> *Quels de tes yeux ou des miens*
> *Ont pleuré les plus beaux je t'aime*

Il en chantait le refrain sans trêve et dès qu'il prenait sa guitare il avait la certitude heureuse de tenir enfin une œuvrette de qualité.

Le chagrin venait-il, que lui avait promis Karl ?

Il sentait que les choses se modifiaient en lui et autour de lui. Que la vie devenait autre. Plus dangereuse, mais plus exaltante. Ses peurs étaient intenses mais de très courte durée. Cela se présentait plutôt comme des bouffées d'effroi. C'était pareil à des crises d'où il sortait raffermi.

Il aimait Erika et il aimait l'amour qu'il lui portait. Son traumatisme sexuel le peinait confusément mais ne l'inquiétait pas pour l'avenir. Elle le comblait de caresses voluptueuses qui lui suffisaient. Il se laissait aller. Elle l'appelait son petit pacha. Parfois, quand il éprouvait des scrupules à prendre du plaisir seul, elle lui assurait qu'elle participait aussi à l'euphorie de ses sens et que, pour elle, la jouissance consistait à lui en donner. Il ne cherchait pas plus loin, Richard, ayant la faculté rare de savourer l'instant sans se disperser trop dans les craintes de l'avenir.

Il quitta la maison plus tôt que d'ordinaire car il se rendait à pied chez Erika. Pour la première fois, il emmenait sa guitare avec lui.

*
* *

— Je ne me doutais pas que vous possédiez un tel talent.

Il venait de se taire et les derniers accords de la chanson frémissaient dans l'atelier.

Richard la dévisagea pour s'assurer qu'elle parlait sérieusement et ne se montrait pas tout simplement polie. Mais l'enthousiasme d'Erika semblait sincère. Il en fut inondé d'une grande joie.

— Chantez-la-moi encore, demanda la jeune femme. C'est vraiment ravissant. Très simple, très direct et d'une poésie de bon aloi.

Richard bissa sa chanson avec plus d'âme encore que la première fois. Lorsqu'il eut fini, il éclata en sanglots et enfouit son visage dans un coussin du canapé.

— Pourquoi pleurez-vous ? demanda Erika en lui caressant tendrement la nuque.

Il se redressa. Il était beau parce qu'il y avait une espèce de férocité dans sa peine. Il pleurait comme un chien aboie, sans retenue, avec rage.

— Allons, chéri, dites-moi...

— Je pleure, dit-il, parce qu'on est en train de tuer un homme à cause de moi.

Et il raconta tout à Erika.

XXII

Quand il eut achevé sa confession, sans rien omettre, la jeune femme demeura longtemps silencieuse. Il n'osait pas la regarder. Peut-être venait-il de compromettre à jamais leurs relations ? Et si elle prenait peur à la perspective de fréquenter davantage un garçon impliqué dans des affaires de meurtre ? Certes, Karl prétendait qu'Erika était apte à tout comprendre, restait à savoir les limites de ce « tout ».

Elle parla enfin.

— C'est curieux, dit-elle de sa belle voix basse et chaude.

Il la lorgna en coin, découvrit un imperceptible sourire à ses lèvres charnues et reprit confiance.

— Je flairais confusément une pénible histoire, reprit Erika ; votre détachement laissait supposer un drame. Vous ne pouvez savoir combien j'ai échafaudé d'hypothèses depuis que nous nous connaissons, et surtout depuis le jour où vous avez prétendu être en danger de mort. Il m'est même arrivé de rôder en pensée autour de la vérité. Oui, j'ai envisagé que vous ayez pu assassiner quelqu'un, en France. Inouï... Inouï que nous nous soyons connus. J'attire l'insolite, le drame, la mort... Je ne vous questionnais pas, je savais que cela viendrait tout seul, comme ce soir, au détour d'une émotion. Ah, je vous aime, petit homme de France. Grand gosse perdu...

Elle l'embrassa passionnément. Une fois de plus, Richard voulut glisser sa main sous sa jupe, ainsi qu'il s'y risquait parfois, emporté par le bouillonnement de ses sens. Mais, comme d'ordinaire, elle refoula péremptoirement cette main qui ne pouvait contenir l'impétueuse brutalité du mâle.

— Que pensez-vous de moi ? demanda-t-il.

— Rien de plus que ce que j'en pensais avant votre confession, et rien de moins, mon amour. Vous êtes un merveilleux faible, plein de poésie et d'élans rentrés ; une petite bête intelligente qui s'empêtre dans ses instincts ; vous ne savez rien de vous et très peu des autres. Ils vous surprendront toujours, et parce qu'ils vous déroutent, vous leur obéissez. Il y a du naïf, en vous, beaucoup. Vous croyez un peu vite ce qu'on vous dit.

— Que dois-je faire, Erika ?

Elle hocha la tête.

— Attendre, fit-elle. Voir venir. Rien ne prouve que votre Catherine va zigouiller le maître chanteur.

— Pourquoi, en ce cas, m'a-t-elle dit de charger la cage dans l'auto ?

— Peut-être pour détourner le danger... Opération de dissuasion. En privant l'autre petit gredin de son matériel, elle estime qu'il va laisser tomber, du moins momentanément.

Elle caressait la main de son ami en parlant. Et il se rassurait.

— Drôle de bonne femme que cette personne. Vous êtes tombé, mon chéri, sur une virago de première grandeur.

Elle se leva d'un bond.

— Je vous propose un jeu, Richard.

— Quel jeu ?

Au lieu de répondre, elle fouillait un tiroir de sa commode, en ramenait de quoi écrire : du beau papier à frange, épais comme du parchemin.

— Je vais tracer quelques lignes sur cette feuille, Richard, le résumé de ce que je pense de votre aventure. Le moment venu, vous les lirez...

— Quand donc ?

— Je ne sais pas, je vous dis : le moment venu. Ce moment dépend de vous, pas de moi...

Elle écrivait déjà, vivement, au moyen d'un gros stylo noir dont la plume d'or grinçait sur le papier. Erika pondit ainsi la valeur d'une demi-page, la plia en quatre et la glissa dans une enveloppe qu'elle cacheta.

Elle chercha, puis coula l'enveloppe entre l'armature de bois et la toile d'un de ses tableaux qui se trouvait simplement posé sur la commode.

— Ce message ne bougera plus de là. Bientôt, je vous demanderai de le lire et vous aurez ainsi la preuve que je devine bien les gens.

— Pourquoi me faire attendre ? Si vous avez des choses importantes à me révéler, ne serait-il pas plus charitable de me les dire tout de suite ?

— Ne parlez pas de charité, la charité c'est autrement.

Ils furent pris au dépourvu par un bruit qui parut bizarre à Richard. Un bruit caverneux et lancinant.

— Le téléphone, expliqua Erika.

Elle était perplexe, ne se décidait pas à aller répondre.

— A pareille heure, je me demande qui cela peut-être...

— Karl ?

Elle fit une moue sceptique.

— Ça ne correspond pas à ses habitudes.

Elle arracha le combiné d'un mouvement brusque qui contrastait avec ses gestes toujours souples et mesurés, écouta, parut surprise, voire choquée.

— Je vous le passe.

— Pour moi ? demanda Richard.

— Votre aimable protectrice, je suppose.

Effectivement, c'était bien la voix de Catherine, rude, tranchante. Cela lui rappela le petit hôtel, près de l'avenue de Wagram, quand elle l'appelait pour lui dicter ses volontés.

— Richard ?

— Pourquoi m'appelez-vous ici ?

— Parce que j'ai besoin de vous. Commandez un taxi depuis chez votre pétasse, faites-vous conduire à la maison, prenez la Mercedes et sortez de Berne par la route de Solor. Vous la suivrez jusqu'à un village qui s'appelle Gretzbach. Je vous attends à l'entrée de ce village.

— Mais, Catherine, c'est... c'est absolument impossible !

Elle parla si vite qu'il eut du mal à comprendre ce qu'elle lui disait :

— Fais ce que je te dis, petite guenille, si tu ne veux pas finir ta nuit en taule.

Et elle raccrocha.

Erika s'étirait. On eût dit une chatte voluptueuse. La situation paraissait l'amuser.

— Elle vous réclame ?

— Oui.

— Alors c'est qu'elle a bel et bien tué le vilain bonhomme. Il faut l'aider, Richard.

— Sûrement pas. Je l'ai déjà aidée sans le savoir, quand il s'est agi de son mari, je ne vais pas, ce soir, en connaissance de cause...

— N'avez-vous pas, en connaissance de cause, placé la cage dans l'auto ? Ne m'avez-vous pas dit textuellement, tout à l'heure, qu'on était en train de tuer un homme à cause de vous ? Allons, ne jouez pas toute votre vie les Ponce Pilate, amour chéri. Il faut toujours essayer d'être un homme, n'importe les circonstances. Mon Karl, malgré ses mœurs, se comporte toujours en homme, lui.

Son Karl !

180

Richard sentit venir la colère.

— Appelez-moi un taxi, je vous prie, grogna-t-il, les dents serrées.

Pendant qu'elle lui tournait le dos, il prit l'enveloppe derrière le tableau et la fourra dans sa poche.

*_**

Il passa sur un pont couvert, ravissant au clair de lune. Un petit pont comme il n'en avait jamais vu, avec de gros piliers de bois mal équarri, un toit aux tuiles plates et une charpente compliquée. Il vibra sous le poids de la Mercedes. Ensuite ce fut un village aux maisons ventrues, avec de-ci, de-là, des enseignes peintes aux formes compliquées.

Quelques automobiles stationnaient devant l'hôtel de commune. Richard perçut une musique folklorique. Des jeunes gens, dans l'ombre, riaient fort en se bousculant.

Après, il y eut la route blanche entre des sapins qui sentaient bon la résine. Des panneaux de signalisation recommandaient de prendre garde aux chevreuils susceptibles de traverser... A un croisement désert, il aperçut une boîte aux lettres jaune, ornée d'un cor de chasse. Une pancarte bleue indiquait Gretzbach à 6 kilomètres. On y voyait comme en plein jour et une odeur de regain flottait dans l'air, lorsque s'interrompait la forêt.

Richard accéléra. Il avait la tête vide. Ne parvenait point à réaliser que Catherine l'attendait, à l'orée d'un village inconnu, dans la nuit blanche. Lorsqu'un homme se confesse, les heures qui suivent sa libération sont vides ; rien de plus appauvrissant qu'une conscience nettoyée. Livrer ses secrets, c'est s'appauvrir en se soulageant. Il en prenait conscience, au fil des kilomètres et regrettait sa faiblesse de la soirée. Certes, il avait confiance en Erika et savait qu'elle ne trahirait pas cette confiance, mais il avait moins confiance en lui ; il se disait qu'un jour il ne saurait pas surmonter ses confidences. Elles venaient de le mettre définitivement en état d'infériorité.

La forêt cessa, l'horizon s'élargit. Une plaine de culture s'offrit, riche et grasse. Et ce fut le village où l'attendait Catherine. Il la vit de loin. Elle se tenait debout contre sa voiture noire. Le point lumineux de sa cigarette lui parut plus intense que les feux de position du véhicule.

Il rangea la Mercedes derrière la Volvo, s'approcha, le cœur battant. Avant de poser la moindre question, il regarda à l'intérieur de la break : le plateau était vide.

Catherine faisait particulièrement veuve, cette nuit-là. Elle portait un imperméable noir, très léger, et avait noué un foulard noir autour de sa tête.

— Eh bien ? demanda Richard.

Elle ne répondit pas, lui fit signe de prendre place dans la Volvo et s'installa au volant. Elle démarra dans une secousse de conductrice débutante, jamais elle ne saurait conduire.

— Où allons-nous ?

— Pas loin.

Elle ajouta :

— Impossible d'y arriver toute seule.

— Arriver à faire quoi ?

Il parlait en pensant à autre chose. Curieux, cet immense détachement qui s'emparait de lui et lui permettait de vivre cet épisode comme s'il y était étranger. Il évoquait Erika, la belle, la somptueuse Erika, dans son atelier. Elle portait une tunique blanche, très moulante, et une grosse chaîne d'or au cou. Il conservait son parfum sur ses doigts à force d'avoir caressé ses bras, ses hanches. Les sentait à la dérobée pour retrouver une décharge capiteuse.

— Il faut pourtant y arriver, éluda Catherine.

Il n'insista pas. Il verrait bien quand il serait temps.

182

Elle obliqua dans un chemin plat bordé d'arbres fruitiers. Puis les vergers cessèrent, la végétation devint aquatique. Il y eut des saules et des roseaux, de très hauts ajoncs qu'une brise nocturne froissait avec un bruit de rideau de perles agité.

Il découvrit un terre-plein galeux, terminé par un ponton de bois auquel des barques se trouvaient amarrées. Catherine remisa l'auto contre la muraille d'ajoncs, dans l'ombre mouvante. Elle descendit et fila droit au ponton. Il la suivit. Au loin, par l'échancrure des roseaux, on apercevait le lac argenté, dont les écailles frissonnaient sous la lune. Catherine s'arrêta au début de la jetée de bois et désigna l'eau, noire à cet endroit. Quelque chose en émergeait, et Richard reconnut le haut galvanisé de la nasse. En se penchant, il distingua une masse claire.

Il éprouva du dégoût, seulement du dégoût, mais pas d'autre émotion particulière. Ne savait-il pas déjà, en venant, quel spectacle l'attendait ?

— C'est lui ? demanda-t-il.

— Oui. J'ai voulu faire basculer la cage de l'auto dans la barque, mais elle est tombée à côté... On ne peut pas la laisser là, c'est impossible.

Elle s'exprimait à voix basse. Son énergie se mêlait de rage rentrée. Elle s'en voulait de son impuissance. Elle en voulait au sort de lui désobéir.

— Où comptiez-vous le lâcher ? demanda-t-il.

— Pas très loin, dans les roseaux. Un endroit qu'il avait sélectionné, lui-même...

Y avait-il de l'ironie dans son ton, ou seulement le léger tremblement de la haine ? Une haine qui ne finirait qu'avec elle et que la mort de Blanchard n'avait même pas calmée.

Il s'agenouilla sur le ponton, regardant fixement la nasse de fer. Son regard s'habituant à l'obscurité, il apercevait nettement le corps d'Etienne. Celui-ci était entièrement nu. Il se tenait à plat ventre, la tête curieusement inclinée de côté, comme s'il avait cherché la surface pour respirer.

Des questions malsaines venaient à Richard, il les repoussait : ça n'était pas le moment. L'horrible cage luisait d'un louche éclat.

— Où sommes-nous, ici ?

— Assez loin du village. Il y a juste un petit café en planches, inhabité la nuit.

— Vous avez la corde ?

— Dans la barque.

— Préparez-la, je reviens.

Il retourna à l'auto et se dévêtit rapidement, ne conservant pas même son slip. Elle l'attendait en balançant son lasso à bout de bras.

— Je ne vois qu'un moyen, dit-il. On va attacher la cage après la barque. Vous ramerez et je soulèverai à l'aide de la planche. Si je parviens à la décoller du fond et à glisser la planche par-dessous, on pourra le haler sans trop de mal.

Elle opina, admirant en secret son esprit d'initiative. Elle avait besoin d'un homme et voilà qu'il se comportait en homme.

Ils se mirent à l'ouvrage. Ce fut terrible. Catherine avait beau ramer à s'en dresser droite dans la barque, celle-ci restait rivée à la berge par son effroyable ancrage. Richard avait beau tenter de soulever l'une des barres de béton déjà gluante de vase, pour tenter d'insinuer la planche sous la nasse, il se déchirait les doigts en pure perte. Au bout d'un quart d'heure d'efforts désespérés, il sentit que les muscles de son cou allaient éclater sans qu'il obtienne le moindre résultat.

— On ne pourra jamais, n'est-ce pas ? demanda-t-elle d'une voix abattue.

Il devina qu'elle allait renoncer, alors cela le survolta.

— Vous êtes certaine que l'endroit est isolé, Catherine ?

— Il l'avait choisi pour ça...

— Bon, alors, détachez la corde de la barque et allez

la remiser plus loin, je vais essayer avec le canot à moteur que j'aperçois là-bas.

*
* *

Ce fut un surprenant cortège. Les pétarades du Johnson emplissaient toute la nuit. Richard pensait que la Suisse entière devait les percevoir. Il nageait avec les pieds, tenant fermement la planche en équilibre tandis que Catherine pilotait le canot. Elle le conduisait gauchement, plus mal encore que sa voiture. Par instant, elle faisait des embardées qui manquaient faire basculer la nasse. Richard rattrapait la fausse manœuvre désespérément. Mais chaque fois, le fardeau s'enfonçait et il devait rester une éternité sous l'eau pour le maintenir.

Enfin, ils parvinrent à destination. C'était un endroit profond et noir, couvert d'énormes nénuphars qui étalaient leurs palettes entre les ajoncs. Une odeur putride se dégageait de ce coin d'eau quasi stagnante. Richard comprit pourquoi Etienne avait jeté son dévolu sur cette partie morte du lac : aucun pêcheur ne la fréquentait, à cause des plantes. Il pensa qu'il aurait dû se trouver dans la nasse, et malgré tout le critique de la situation, un élan de reconnaissance le fit aimer Catherine d'un amour aveugle, presque animal, de chien sauvé.

Elle détacha la corde de la barque, puis, sur l'injonction du garçon, la défit également de la nasse, car il craignait qu'elle ne remonte à la surface et attire l'attention.

Le moment où il fit basculer le fardeau lui fut presque délectable. Il y eut un brusque bouillonnement, et la planche parut s'élancer vers le ciel. Elle sortit de l'eau, comme un dauphin, soulevant une gerbe d'écume et retomba avec un bruit plat.

La nasse s'enfonça perpendiculairement, ce qui prouvait la puissance de son lestage. Les nénuphars tanguèrent un instant, puis redevinrent étales. Il n'y eut plus

185

qu'un foisonnement de bulles, entre leurs feuilles plates, consécutif à la vase dérangée.

Richard nagea jusqu'au canot, s'y hissa d'un rétablissement.

Ce ne fut qu'une fois installé dans l'embarcation qu'il sut que l'eau était froide et qu'il se mit à claquer des dents.

XXIII

Il continuait de grelotter au volant de la Mercedes, comme s'il était en proie à un gros accès de fièvre. Il gardait dans sa bouche le goût fade de l'eau. Un goût de vieille tisane moisie. Il continuait de voir, dans la lumière blanche des phares, ce jet prodigieux de la planche libérée, dressée vers le ciel clair de la nuit d'été. Tandis qu'il lui semblait distinguer, sur les bas-côtés obscurs, la descente aux abysses d'horribles charges.

De temps à autre, il jetait un regard au rétroviseur. Catherine le suivait docilement avec la Volvo. De retour sur la berge et une fois les embarcations remises en place, ils n'avaient presque pas parlé :

« — Vous me suivez ? »

« — Je vous suis. »

Elle le regardait s'habiller derrière la Volvo à l'intérieur de laquelle il avait laissé ses vêtements. A cause des frissons qui le secouaient, il procédait par gestes maladroits, ne parvenait pas à trouver l'ouverture de ses manches, ou tournait dix fois ses chaussettes autour de son pied avant de pouvoir les passer. Ils entendaient des bruits étranges, nés semblait-il du silence. Des rumeurs aquatiques ténues, lointaines, venues de nulle part ; et ils se tenaient au bord de ce lac comme au bord du néant, comme au bord d'un monde qui aurait la forme aplatie d'avant Galilée.

Maintenant, il roulait à moyenne allure sur une route déserte qu'il avait empruntée pour venir, mais qu'il ne reconnaissait plus en la parcourant dans le sens contraire.

Il n'était pas pressé de rentrer. L'affrontement de la grande maison représentait une épreuve redoutable à présent qu'« il » n'y était plus. Revoir ses objets, son matériel, ses vêtements devait faire peur.

« Mon Dieu, songeait Richard, je suis cette fois-ci vraiment le complice d'un assassinat. »

Et malgré tout, il n'éprouvait aucune crainte. Il trouvait cela « facile ». Ou plus exactement « simple ». Voilà : simple. Il était même vaguement fier de son exploit physique, satisfait d'avoir résolu un grave dilemme.

Il stoppa à l'orée de la grille, surpris de voir la maison illuminée, d'entendre de la musique. Catherine le doubla alors et lui lança, penchée à l'intérieur de sa voiture :

— C'est moi qui ai tout éclairé avant de partir.

Alors, rassuré, il gara l'auto là où il la mettait ordinairement, au bout du terre-plein, devant le garage dont il avait la flemme d'ouvrir la porte grinçante.

Ils se retrouvèrent au salon. Richard reniflait, cherchant l'odeur de Blanchard, cette odeur chimique que les photographes traînent partout après eux, mais ne la reconnut pas. Elle s'était effacée avec lui.

Catherine prit une bouteille de Chivas et deux verres. Elle oubliait de dénouer ce fichu noir qui lui donnait l'allure d'une veuve du peuple, et peut-être aussi de quelque foraine, songea le garçon.

— Eh bien, dit-elle, en fin de compte, tout se sera bien passé.

Sa tranquillité agaça Richard.

— Ah, vous trouvez !

— Oui, je trouve. Grâce à vous, d'ailleurs. Sans votre intervention j'étais cuite.

— Qu'est-ce qui vous a pris de me téléphoner chez... chez cette personne ?

Elle emplit les verres, comme s'il s'agissait d'eau au lieu d'alcool.

— Je vous ai appelé là où vous vous trouviez, c'est-à-dire 4 Kinderstrasse, Richard. Il le fallait bien, devant l'urgence de la chose...

Elle but, et là encore, à son manque de réaction, on aurait pu croire qu'elle avalait un breuvage anodin.

— Et de deux, lança Richard, à moins que vous n'en ayez d'autres que j'ignore à votre tableau de chasse ?

— Vous croyez bien d'être méchant ? N'oubliez pas que c'était lui ou vous. Il a minutieusement mis au point votre disparition, seulement c'est lui qui l'a expérimentée.

Il attrapa son verre, en avala une gorgée qui lui mit le gosier en feu mais ne dissipa pas ses frissons.

— Cela s'est passé comment ?

— Ce soir, au dîner, je lui ai fait prendre le somnifère qu'il vous réservait.

— Il ne s'est douté de rien ?

— S'il s'était douté de quelque chose, il ne serait pas au fond du lac en ce moment.

— Ensuite ?

— Ensuite, ben, vous savez...

— Dites.

— Je l'ai coltiné jusqu'à la Volvo et l'ai flanqué dans sa cage. Une fois au lac, il y a eu cette fausse manœuvre, il est tombé à l'eau, près de la barque. Il se sera noyé dans très peu d'eau décidément.

— Il avait repris connaissance ?

— Sûrement pas, je n'ai pas regardé, je pensais à la manière de me tirer de là.

— Mais cela s'est passé comment ?

— Vous devenez morbide, Richard.

Elle conservait sa sérénité. Pour elle, ce meurtre n'impliquait aucune crise de conscience. Elle avait tué

Blanchard, comme elle avait tué son mari, pour en terminer avec un gêneur.

— Une noyade, c'est rien d'autre que des bulles, vous savez.

Alors il explosa :

— Mais nom de Dieu, vous n'espérez tout de même pas vous en tirer ! Ou alors c'est que vous êtes d'une crédulité de garçon de ferme ! Un jour ou l'autre on la retrouvera, cette putain de cage, le monde n'est jamais assez grand pour dissimuler éternellement ce genre de... de chose. Et quand on l'aura repêchée, on saura où et qui l'a achetée. Et quand ! Et la barque louée par vous ? La Volvo louée par vous ? Tout, bonté de merde ! N'importe quel flic de village dénouerait une affaire aussi simpliste !

Catherine tapota de la main les accoudoirs du fauteuil.

— Ne vous énervez pas, Richard. En effet, peut-être la retrouvera-t-on, mais quand ? Dans des mois, des années, lorsqu'elle sera rouillée et crépie de calcaire et que... l'autre sera inidentifiable ? Et même, Richard, même... Nous ne serons plus là depuis longtemps.

Il sursauta :

— Où serons-nous ?

— Loin, très loin, en Amérique du Sud. J'ai tout préparé ; tout réalisé : les biens, les valeurs, nous pouvons filer n'importe quand, n'importe où et profiter de nos richesses pour créer des entreprises. L'Amérique du Sud, flûte, c'est pourtant quelque chose, non ? Tous les types de votre âge rêvent de posséder une espèce de ranch, là-bas, avec des hectares de terrain à parcourir à cheval ou en Land Rover ; avec des bêtes à cornes... Tous les jeunes, Richard.

— Tous les jeunes, mais pas moi, Catherine.

Elle eut un sourire flou, plein de tendre incrédulité.

— Vous verrez, laissez-moi faire.

— Vous irez seule en Amérique, moi je reste ici.

Elle haussa les épaules.

— Ici, avec cette menace, désormais ? Mais mon pauvre chou, au bout de huit jours vous feriez une dépression à force de tressaillir chaque fois qu'une auto tournerait le coin de la rue !

— Je m'en fous. Je reste ! Il arrivera ce qu'il doit arriver.

Le sentant obstiné et crispé, elle se déroba. Elle savait qu'il ne faut pas vouloir vaincre la résistance d'un homme en une seule fois. Le temps allait travailler pour elle.

— Bon, n'en parlons plus pour l'instant.

— N'en parlons plus jamais, Catherine !

— Plus jamais si vous voulez. Cela dit, j'aimerais maintenant vous faire un aveu.

Inquiet, il l'interrogea d'un regard tout de suite chargé d'appréhension.

— C'est au sujet d'Etienne, reprit-elle. Je veux que tout soit net. Je conçois que mon attitude avec lui a dû vous... vous sidérer, non ? La passivité avec laquelle je lui ai cédé ?

Il fit une moue désabusée.

— Je suis encore plus passif que vous, Catherine, et je me fous d'un tas de choses.

Elle encaissa sans broncher.

— Néanmoins, je tiens à vous révéler que Blanchard était mon amant depuis quatre ans.

Richard eut la confuse impression d'avoir déjà vécu cet instant. Il le reconnaissait, au point de se demander s'il ne s'agissait pas réellement d'un souvenir. Mille questions menues, auxquelles il n'avait pas cherché vraiment de réponse, pendant le séjour du photographe parmi eux, avaient probablement alerté son subconscient.

Et pourtant il y eut dans son esprit une sorte d'effondrement. On l'avait manœuvré à plaisir, par le bout du nez !

Il eut mal à l'orgueil, mal à l'âme. Une froide haine s'alluma dans son sang. Il aurait voulu boxer le visage boursouflé de Catherine Zimner. Elle le dégoûtait ardemment. Jamais il ne s'était senti aussi délaissé, aussi seul, aussi faible. En cet instant d'intense détresse, son amour pour Erika ne le soulageait même pas.

— Vous m'avez bien manœuvré, dit-il.

Il sourit. Et son sourire fit un bruit de papier collant que l'on décolle.

— C'est vrai, Richard, nous vous avons manœuvré. Seulement, il s'est produit quelque chose...

— Ah oui ?

— Il s'est produit... vous ! Vous qui avez, sans le vouloir, bouleversé ma vie.

— Moi, j'ai bouleversé votre vie ?

Il la détaillait d'un air méprisant. Son œil mauvais ne laissait rien perdre de ses malfaçons. Elle était pis que ridicule : grotesque, avec ses chairs bouffies, marquées de couperose, son regard gélatineux, ses grosses lèvres qui gardaient en permanence les particules de papier de la dernière cigarette ; ses cheveux incoiffables, son aspect hommasse de grosse lesbienne exerçant la fonction de Kapo dans quelque camp nazi.

— Vous savez parfaitement que je suis devenue folle de vous, Richard. Folle au point de tuer mon amant pour qu'il ne vous tue pas...

Il la fit taire d'un geste violent. Cette déclaration d'amour l'écœurait. Catherine lui donnait envie de vomir.

— Ainsi, sa haine pour moi, c'était tout simplement de la jalousie ? fit Richard.

— Oui, il a tout de suite compris que je vous aimais.

— Oh, merde, éclata le jeune homme, finissez vos niaiseries, à la fin ! Je m'en tamponne, de votre amour ! Il me ferait rigoler, votre amour, s'il ne me flanquait la nausée. Seulement on ne peut pas rire et dégueuler en même temps.

192

Elle avait l'obstination irritante des femmes amoureuses qui refusent de croire l'homme de leur cœur quand il leur affirme ne pas les aimer. Elles s'obstinent doucement, presque avec le sourire, leur jurent qu'il les bluffe ou qu'il s'abuse, leur amour à elles étant si grand qu'elles croient le lire dans les yeux de l'autre. Elle l'écoutait en dodelinant, mettant sur le compte de la colère une si cruelle explosion, et la lui pardonnant parce qu'elle était consciente de l'avoir offensé durement.

— Ecoutez, Richard, il faut que je vous explique. Je vous le répète, tout doit être net entre nous.

— Il y a deux cadavres entre nous, bougre de vieille sorcière, et vous voudriez que tout fût net !

— Non, mon petit, soyez gentil, dominez-vous au lieu de me crier des horreurs.

Il la saisit par le poignet, l'arracha d'une secousse à son siège. Son verre de whisky à lui se renversa sur l'un des plantureux tapis de feue Mme Zimner mère. Richard tira Catherine jusqu'à la glace à trumeaux placée près de l'entrée. Le miroir, déjà ancien, se piquetait de points roussâtres. Le buste sans grâce de Catherine s'y réfléchit. Avec son foulard noir noué de guingois, ses mèches grasses, sa figure tuméfiée, elle évoquait ces photos publiées en pleine page dans *Détective* et qui sont celles de quelques viragos criminelles, tueuses d'époux ou de tante à héritage.

— Je crie des horreurs, moi ? interrogea Richard. Hein, belle Juliette ? Répondez franchement à votre Roméo : elle est où, l'horreur ? Dans mes paroles ou dans cette glace ?

Il la hala jusqu'au fauteuil qu'il l'avait forcée de quitter et la poussa rudement pour l'y faire retomber.

— Bon, cela étant mis au point, je vous écoute. Allez-y pour le roman photo : *La riche bourgeoise et le petit photographe*.

Les larmes vinrent aux yeux de Catherine. Elle eut un

sanglot convulsif, mais parvint à se dominer. Elle reprit la parole, d'un ton uni :

— Il y a quatre ans, mon mari a publié un album promotionnel sur son entreprise. Il a engagé Blanchard pour réaliser les documents photographiques. Etienne est venu beaucoup à la maison pour discuter ses clichés. Il s'est intéressé à la vieille sorcière que je suis, parce qu'il la sentait seule et désemparée. Arrivées à un certain âge, les femmes résignées ne se résignent plus. C'est la période de leur vie où elles se décident à faire n'importe quoi pour s'arracher à leur grisaille, à leur torpeur, à ce désespoir ténu qui les ronge. Il faut croire que Blanchard a su me parler, me toucher. Je suis devenue sa maîtresse. Je n'avais jamais eu d'amant. Notre liaison s'est en quelque sorte organisée. Nous nous rencontrions beaucoup. C'est un garçon très porté sur le sexe...

— C'*était* ! rectifia Richard. Vous oubliez qu'il est mort.

Et il se signa ostensiblement, par bravade ; parce que ce geste incongru pouvait la cingler.

— C'est lui qui a eu l'idée de vous rendre veuve ? enchaîna-t-il, comme elle tardait à continuer.

— Oui. Il était très pervers, démoniaque, même. Il échafaudait toujours de louches combinaisons, dans tous les domaines. Au fond, il aurait dû être gangster.

— Seulement c'était un pleutre, enfin, paix à ses cendres !

Il rit.

— Ses cendres, redit-il.

Il pensait à ce coin mort du lac, aux nénuphars poisseux, à l'eau noire à la surface de laquelle moussaient des grappes de bulles fétides. Pouvait-on parler, même au figuré, des « cendres » d'un mort immergé dans la vase ?

— Alors il a mis au point l'affaire de l'accident. Rupture des vertèbres cervicales, le crime parfait. Et, pour qu'il soit parfait, il s'est bien gardé, lui, de vous donner la réplique en télescopant votre voiture.

— Ce n'était pas possible, murmura Mme Zimner, notre liaison durait depuis trop longtemps, elle aurait pu être connue. Et alors...

— Bien sûr. Mais pourquoi diantre me faire percuter votre bagnole juste devant chez lui ?

— Ce n'était pas devant chez lui. Il avait repéré l'endroit et m'avait dit qu'il s'y embusquerait.

— Le soutien moral de sa chère présence ?

— Prétendit-il !

— Et les gentilles photos ?

Elle remplit son verre.

— Les photos, c'est un coup à ce salaud. J'ai compris plus tard. Il a attendu dans le noir et pris ces photos afin d'avoir barre sur moi un jour, si besoin était.

— Il voyait loin.

— Ça...

— Et juste, puisque, effectivement, il en a eu besoin.

Catherine but une lampée de Chivas.

— C'était un garçon tyrannique, exclusif, un peu dérangé d'esprit. Intraitable. Quand il a su que vous m'accompagniez en Suisse, il m'a rouée de coups et m'a menacée de tout dire. J'ai eu du mal, beaucoup de mal, à le calmer. Je lui ai fait valoir que c'était une question de sécurité. Que puisque vous aviez tout compris, il fallait vous neutraliser. Il a fini par céder, mais en déclarant qu'il viendrait nous rejoindre ici et qu'il vous tuerait pour supprimer le principal témoin du... de l'accident.

— Vous avez dû être commotionnée, le jour où il est venu nous déballer ses clichés ?

— J'ai compris qui il était. Et je l'ai compris d'autant plus facilement que je venais de comprendre qui vous étiez, vous : un garçon merveilleux et fascinant pour qui je voudrais vivre exclusivement.

— Vous me dégoûtez.

— Je ne vous demande rien. Au contraire, rappelez-vous, à plusieurs reprises nous avons eu des amorces de contact physique qui, chaque fois, ont tourné court à cause de moi. Non, je n'attends rien d'autre que votre présence, Richard. Mais il me la faut. Il me la faut !

Richard s'ébroua. La scène lui semblait gluante, comme les nénuphars du lac.

— Drôle d'ogresse, dit-il. En somme, vous tuez votre mari pour Etienne, puis Etienne pour moi. Et moi, si je restais, pour qui me tueriez-vous ? Pour un gaucho de cette Amérique du Sud où vous voudriez m'emmener ? En fait, vous êtes une authentique meurtrière, Catherine. C'est-à-dire une femme délivrée de tout sens moral. Une mégère pareille à celles qui liquidaient allégrement leurs proches pour palper leur monnaie et la dépenser sans eux.

— Richard ! Si vous connaissiez ma vie. Ce lent cheminement dans la solitude. Cet « aigrissement » progressif qui retire toute signification aux gens et aux choses. Et puis, à quarante-quatre ans, un voyou raté m'apprend que je possède des sens. Et puis, à quarante-huit ans, un ange en blue-jean m'apprend que j'ai un cœur, une âme et presque un demi-siècle de tendresse intacte à dépenser. Non, ne jugez pas, je vous le demande.

Il se leva.

— O.K., Catherine, je ne juge pas ; de toute manière, au plan affectif, tout cela ne me concerne plus. S'il y a du grabuge, je paierai ma participation à vos crimes, c'est réglo. Cela excepté, je me sens libre vis-à-vis de vous. Vous savez pourquoi ? Parce que j'aime une fille fabuleuse. Parce que je ne pense qu'à elle. Parce que elle seule comptera pour moi désormais ; et que votre soi-disant amour pour moi n'est à mes yeux qu'une infecte poubelle pleine de merde !

Il se dirigea vers la porte.

— Où allez-vous ? hurla Catherine.

— La rejoindre. Après une soirée pareille, un peu d'oxygène me fera du bien.

La grosse femme s'élança dans le hall, hagarde.

— Non ! Non, n'y allez pas. Pas ce soir. Vous n'avez pas le droit de me laisser en ce moment. Je vous le défends, m'entendez-vous ? Je vous le défends !

Il ferma les yeux... C'était comme dans le petit appartement de la rue Saint-Denis, lorsqu'il tendait l'œuf de marbre à Arlette. Un incommensurable vertige. Son poing partit. Seulement Catherine ne tomba pas. Elle tituba seulement, resta adossée au mur, l'œil vide.

Du sang coulait de sa lèvre éclatée. On eût dit qu'elle venait d'avoir un accident.

Et c'était bien, au fond, comme un accident.

Richard partit en courant.

XXIV

Erika devait s'attendre à ce qu'il revienne car elle répondit immédiatement à son coup de sonnette. Sa belle voix mélodieuse et grave l'attendait :

— Montez vite, mon amour !

Mon amour ! Il eut du bonheur à recevoir ces deux mots dans la rue déserte. Elle les proférait de l'intérieur, mais c'était dehors qu'ils retentissaient. Elle possédait une voix de violoncelle qui vous arrachait des lambeaux d'âme.

Il gravit quatre à quatre l'escalier et la retrouva au salon, sur un canapé où elle se tenait lovée. Un livre, posé ouvert auprès d'elle, ressemblait à un oiseau sur le point de prendre son vol. Elle écoutait de la musique : du Vivaldi dont elle raffolait.

Son sourire bienveillant reflétait sa tendresse. Il vint à elle, se laissa tomber à genoux et lui prit la main. Ensuite Erika cueillit sa tête et l'attira contre sa hanche. Ils restèrent ainsi, très longtemps sans parler. Pour Richard, cet instant de félicité avait les vertus sédatives d'un bain chaud. Il écoutait l'immobilité du temps, tout à coup miraculeusement stoppé, et se sentait préservé de tous les maléfices, hors de toutes les atteintes.

— Elle l'a fait ? demanda enfin Erika.

Pourquoi eut-il le réflexe de nier ? Peut-être parce

qu'il refusait d'évoquer déjà, si vite, le cauchemar du lac.

— Non, non. Il... il est parti. Elle lui a donné une très grosse somme, moyennant quoi, il a accepté de disparaître...

Elle continuait de caresser ses cheveux, de ses doigts écartés, d'un mouvement lent et régulier.

— Pourquoi me mentez-vous, mon amour ? Vous sentez la vase, et les jointures de votre main droite sont ensanglantées... Quelle idée de n'avoir plus confiance en moi ?

Il haussa les épaules.

— Si, elle l'a tué.

— Mais elle ne parvenait pas à porter la cage là où elle avait projeté de la jeter ?

— En effet.

— Et vous y êtes parvenu ?

— Oui.

— Cela a dû être effroyable ?

— Même pas. Je n'avais en tête que le souci de réussir.

— Vous croyez qu'on ne le repêchera pas ?

— Je l'ignore. Probablement que du temps s'écoulera, à moins que... Enfin, je ne sais pas.

— Et s'il a laissé un testament, quelque part ? Une espèce de confession au cas où il disparaîtrait ?

— Non.

— Qui vous le prouve ?

— Catherine m'a appris, au retour, qu'il était son amant depuis quatre ans ! La mort du mari, c'est lui qui a tout manigancé. Et c'est parce qu'il était jaloux de moi qu'il voulait me faire disparaître.

Erika éclata de rire. Richard releva la tête, interdit devant une telle réaction.

— Je ne pensais pas que vous auriez, si tôt, l'occasion de lire ma petite lettre de tout à l'heure, chéri. Allez la chercher.

Il se leva d'un bond et se mit à fouiller fébrilement ses vêtements.

— Eh bien, que faites-vous ? demanda-t-elle, intriguée.

Elle crut comprendre et courut vers l'escalier pour monter à l'étage supérieur.

— Non, laissez, je l'avais prise, avoua Richard. Je ne pouvais pas résister. Et puis... Oh ! mon Dieu : je l'ai perdue.

— Perdue ?

— Sur les lieux de... Au bord du lac, quoi ! En me déshabillant pour me mettre à l'eau. Elle aura glissé de ma poche, dans ma hâte.

Erika revint pensivement s'asseoir.

— Après tout, ça n'est pas si grave, fit-elle. Je vous avais écrit à peu près ceci : « *Mon amour, il faut être le merveilleux aveugle que vous êtes pour ne pas avoir compris que votre Catherine et son photographe se connaissent depuis belle lurette et vous ont mené en bateau.* » Oui, c'est même textuellement la teneur de mon petit billet.

— Quelqu'un va trouver cette lettre !

— Et alors ? Elle signifiera quoi pour ce quelqu'un ? Si vous trouviez ce genre de poulet, qu'en feriez-vous ? Vous le jetteriez après l'avoir lu et vous l'oublieriez, non ?

— Il vaut mieux que je retourne là-bas pour essayer de le récupérer, déclara le jeune homme, mal convaincu.

— Sûrement pas.

— Pourquoi ?

— Voyons, chéri, c'est déjà trop que d'y être allé une fois. Supposez que quelqu'un vous aperçoive ? Mon bout de lettre est moins dangereux pour votre sécurité.

Sa confiance fut contagieuse. Rassuré, il se pelotonna contre elle et ferma les yeux.

— Je ne vous fais pas horreur ? questionna-t-il.

— Quelle idée ! Je trouve votre aventure passionnante, au contraire. Vous vivez des péripéties exceptionnelles, c'est tellement rare. Il y a sur votre tête comme un signe.

— De mort, murmura Richard.

— Et alors ? C'est quoi, l'aventure, sinon la mort ? Vous êtes là, tendre et secret, un peu désemparé, un peu lâche, effrayé d'instinct par l'existence. Vous avez du talent et pas d'ambition. Mais le destin veille, il vous veut, il vous asticote, vous harcèle. Qui de son opiniâtreté ou de votre passivité l'emportera ?

Elle insinua sa main par l'échancrure de sa chemise et se mit à caresser les poils de sa poitrine, comme elle caressait ses cheveux.

— Ah, petit homme de France, comme je vous trouve touchant dans les griffes de votre diablesse.

— Je vais la quitter, lança Richard.

— Mais non ! Quelle idée ?

— Voyons, Erika, après tout ce qui s'est passé entre elle et moi !

— Justement, mon amour, quel sacrement pourrait vous unir plus étroitement ? Vous vous devez pratiquement l'un à l'autre désormais...

— Mais, Erika, je vous aime. Je veux vivre avec vous, c'est normal.

— Votre désir est normal, mais irréalisable, car mon destin à moi, c'est d'être seule.

— Alors, vous ne m'aimez pas !

— Je suis folle de vous, Richard. Trop folle de vous pour accepter que nous demeurions ensemble. Pourquoi laisser le triste quotidien user ce bel amour ? Prenons ce qu'il nous donne de meilleur, chéri : la joie de se retrouver. Vous continuerez d'habiter avec votre bonne femme. Elle boira de plus en plus. Vous donnera de plus en plus d'argent. Bientôt elle ne sera plus qu'une espèce de formalité, vous verrez. Une obligation que l'habitude rend supportable. Vous serez avec elle comme avec une tante à héritage infirme... Et vous viendrez, le soir, me rejoindre ici. Et je vous prodiguerai les plus folles caresses. Je prendrai votre sexe dans ma bouche, jusqu'au jour où vous rencontrerez une fille qui vous offrira plus.

Il l'étreignit sauvagement, en balbutiant :

— Erika ! Oh ! Erika, Erika, Erika...

Il se sentait heureux et triste à la fois. Troublé et soulagé.

— C'est qu'elle veut partir ! fit-il soudain. L'Amérique du Sud !

— Si vous refusez, elle ne partira pas. Vous savez, Richard, je sens qu'elle vous adore, cette dame. Vous êtes devenu sa religion, sa substance.

— Et si...

— Si quoi, encore ? demanda la jeune femme en continuant de peigner ses poils rêches.

— Si les choses se gâtent, ici ? Supposez que la disparition de Blanchard motive une enquête ? On remontera facilement jusqu'à Berne. Et alors, tout pourrait se produire...

— Tout peut toujours se produire. Nous sommes en attente de catastrophes, mon amour. Ceux qui ont la foi prient pour essayer de les conjurer. Les autres tremblent ou s'efforcent de n'y pas penser suivant leur tempérament. Ce sont ces derniers qu'il faut imiter. Vivez !

Puis elle défit son pantalon d'un geste expert, décidé. Cela la prenait au détour d'une phrase. C'était impérieux, elle ne pouvait résister une seconde de plus au désir de l'embrasser.

Cette nuit-là, tandis que la tête d'Erika allait et venait contre son ventre, il essaya d'imaginer le garçon de peine fou, ce Nicolas qui l'avait forcée, jadis, dans le parc d'Angleterre. Richard pensait à lui sans haine, tristement, et il tentait de lui composer un visage.

XXV

Pour la première fois, Richard demanda à Erika la permission de coucher chez elle, alléguant qu'il ne se sentait guère le cœur de retrouver Catherine après ce qui venait de se passer. Mais la jeune femme refusa.

— Il n'en est pas question, répondit-elle. D'abord parce qu'il suffit d'une première fois pour détruire le mode de vie le plus farouchement constitué, ensuite parce que s'il est une nuit où vous devez rentrer, c'est bien celle-ci. L'homme qui a failli se noyer a intérêt à retourner tout de suite à l'eau, et le veuf ou la veuve de retour de l'enterrement de son conjoint, à redormir dans la couche matrimoniale.

Comme il semblait déconfit, elle ajouta :

— Demain soir, Karl sera là. Nous dînons à la maison en compagnie d'un couple dont l'homme est dans la politique ; des gens charmants, cultivés et pleins d'humour. Je vous invite. Soyez gentil : apportez votre guitare, je suis certaine que quelques-unes de vos chansons seront très appréciées au café.

Richard fut réconforté par cette invitation qui le faisait pénétrer dans l'univers assez hermétique des Labbo ; il se vit déjà promu au grade de familier, voire d'amant en titre et s'en trouva flatté.

— Ah ! un détail d'importance, ajouta Erika : nous

nous habillons pour dîner, même lorsque nous nous trouvons en petit comité.

Il se rembrunit.

— Qu'entendez-vous par s'habiller ?

— Eh bien : robe longue pour les femmes, smoking pour les hommes, ou à tout le moins, costume noir ou bleu foncé. Vous n'en possédez pas ?

— Non, avoua le jeune homme.

— Voilà une bonne occasion de vous en acheter un. Quand on a votre taille, on ne doit pas avoir de difficultés à s'habiller en confection.

Elle lui cita le nom d'une maison réputée de la ville où il aurait, assurait-elle, des chances de trouver des vêtements dont la coupe ne ferait pas trop suisse-allemand.

Il repartit, songeur, toujours ravi de participer au dîner huppé, mais vaguement agacé par cette histoire de complet. Il ne se sentait lui-même que dans un jean et un polo (dépenaillé de préférence) et la perspective de porter un smoking le terrifiait. Il redoutait d'avoir l'air d'un garçon de restaurant de province.

Une horloge de ville à cadran lumineux indiquait quatre heures. Richard était fourbu. Il regagnait son gîte à contrecœur. Depuis ses exploits aquatiques de la soirée, il haïssait Catherine. Il rêvait d'une crise cardiaque qui la foudroierait. Elle encombrerait son existence dorénavant et son dégoût pour la grosse femme irait croissant. C'était irréversible.

Quand il entra, il eut un choc en découvrant les deux valises de Blanchard dans le hall, prêtes pour un départ. Il en souleva une. Son poids le renseigna : elle était pleine. Pendant son absence, Catherine avait remballé le matériel et les effets du mort.

— Richard !

Elle l'attendait, dans le noir, allongée sur un canapé du salon. Il donna la lumière et elle eut l'air d'une bête sauvage qu'on débusque. On distinguait à peine ses yeux au-delà des bouffissures violines.

Sa robe retroussée découvrait de grosses cuisses blanchâtres où sa terrible toison noire coulait comme une plante rampante.

— Richard, il faut absolument m'écouter...

Sa lèvre fendue par le coup de poing venait de tripler de volume et l'ecchymose la faisait zozoter. La vue de la blessure ne causa à Richard ni remords ni pitié. Au contraire, elle attisait en lui il ne savait quel sentiment destructeur, ni quelle cruauté quasi voluptueuse. Avec Arlette, déjà, quand il la voyait évoluer, triste souillon, dans les relents aigres et le décor cafardeux de son minable appartement... Oui, déjà avec Arlette, il avait ressenti cette haine à base de mépris. Il s'était senti flétrisseur. Au fond, il aimait le beau, le luxe. Il lui fallait une Erika, dans un décor opulent. Une artiste belle, à la voix troublante.

— Bon, je vous écoute...

Etienne Blanchard ne ressentait-il pas, lui aussi, du mépris pour Catherine ? Ne la trouvait-il pas grotesque, malgré l'appétit sexuel qu'il satisfaisait avec elle ? Probablement qu'elle exaltait ses instincts à cause de cette pilosité qui avait, un moment, excité Richard. Pourquoi pas ? Cela pouvait sembler ridicule — et cela l'était — mais il en faut tant ou si peu pour libérer nos fantasmes, déclencher notre sexualité.

— Richard, dans la situation présente, il est impossible que nous ne partions pas. Nous n'avons pas le droit de compromettre nos existences en prenant un tel risque...

« Cause toujours, ma vieille », pensait Richard. Il retrouvait mentalement les accents gouailleurs d'Etienne, quand le photographe appelait Catherine « la mère » ou « la grosse ».

— Demain, continuait-elle, j'irai rendre la Volvo. Ensuite nous prendrons la Mercedes et nous irons à Zurich, c'est rapide, par l'autoroute. Nous nous rendrons à l'aéroport. On prendra des billets pour un pays du Moyen-Orient...

— Pourquoi le Moyen-Orient ? demanda-t-il.

La question donna de l'espoir à Catherine. Puisqu'il s'intéressait au projet, c'est donc qu'il envisageait de s'y rallier ?

— Eh bien, je pense que ce sont des pays où l'on doit, dans notre cas, se sentir en sécurité.

— Parce qu'ils accordent parfois le droit d'asile à des commandos palestiniens ? Nous ne sommes pas des pirates arabes, mais des assassins occidentaux, ma pauvre...

Sa « pauvre ». Il allait bientôt pouvoir l'insulter. L'insulter spontanément, sans retenue, comme il en éprouvait le besoin.

— Ils nous serviraient en tout cas de base de départ. On s'organiserait pour la suite...

Il sourit.

— Demain, déclara-t-il, je vais aller m'acheter un smoking.

— Un smoking ?

— Je suis invité à une soirée, avec du beau monde. A propos de ce smoking, il va me falloir de l'argent, et pas mal, car je suis décidé à ne pas lésiner : chemise brodée, souliers vernis, toute la lyre...

Il pouffa :

— Faut que je fasse honneur à la France, ma pauvre vieille !

— Non, répondit-elle résolument, je ne vous donnerai pas un sou.

Il sentit noircir son âme à toute allure. Au lieu d'être irrité par ce refus, il en fut presque content, car il alimentait sa rancœur.

— Oh, la mère, fit-il, parodiant Etienne Blanchard, pas de ça : je suis votre complice, n'oubliez pas.

Il imitait la voix grasseyante du mort, tordait légèrement la bouche comme lui et se dandinait en parlant, d'un air sottement avantageux.

— Pas un sou ! répéta Catherine. Vous ne m'impressionnez pas. Vous m'inspirez de l'amour, non de la peur. Vous n'êtes, en réalité, qu'un petit trou du cul, Richard. Et un trou du cul qui va m'obéir. Votre pute, c'est terminé. Nous partirons demain, un point c'est tout.

Il s'approcha d'elle et lui flanqua un grand coup de genou dans la mâchoire. Catherine poussa un cri et se rejeta en arrière.

— Je vous défends d'insulter la femme que j'aime.

Il lui donna un nouveau coup de genou. Cette fois, le nez de Catherine éclata.

— A vivre à votre contact, je suis très capable de devenir un assassin, moi aussi, Catherine. Tenez, en ce moment, si vous étiez un homme, je vous tuerais. Ce qui me retient ? Un reliquat de galanterie. Cocasse, non ?

Il recula, respira profondément, à plusieurs reprises, pour essayer de retrouver un semblant de calme. Le visage meurtri de Catherine continuait de le dégoûter, mais il éprouvait quelque honte.

— Vous m'aimez toujours ? murmura-t-il.

Elle fit signe que oui.

— Alors, si vous savez ce qu'est l'amour, comprenez le mien ; facile : je ressens pour une autre ce que vous éprouvez pour moi. Il m'est impossible de la quitter. Je me moque des risques. Partez si vous y tenez, moi je reste.

— Alors, je reste aussi, Richard.

Il lui sourit, comme un enfant capricieux qui a obtenu satisfaction.

— Ah, bon, merci ! Il me faudra un smoking, demain.

— Vous l'aurez. Vous aurez tout ce que vous voudrez.

— Tout ce que je voudrai ?

— Vous le savez bien !

Il n'avait envie de rien. Et il le regrettait. C'était comme de disposer d'un pouvoir discrétionnaire et de ne pas s'en servir. La seule chose qu'il désirait, elle ne pouvait la lui accorder : c'était de vivre avec Erika. Il aurait voulu composer ses chansons dans le petit hôtel particulier de la Kinderstrasse, dans un coin de l'atelier, pendant que la jeune femme peindrait ses toiles minutieuses. Il la contemplerait. Parfois il lâcherait sa guitare pour la prendre dans ses bras et la bercer contre lui, jusqu'à ce qu'il soit ivre de son parfum.

— Je vous ai fait mal, murmura Richard.

— Ce n'est pas grave.

— Si je continue de vivre près de vous, à vos frais, sans vous aimer, je risque de devenir un petit salaud.

— Cela n'a pas d'importance. Et puis vous ne deviendrez jamais un vrai salaud. Etienne en était un et vous cherchez à le copier, par représailles. Mais ça vous passera, parce que cela ne correspond pas à votre nature.

— Oh, ma nature... En ai-je une, vraiment ? Je me sens si inexistant, si rien-du-tout...

— Vous êtes tout pour moi.

Il eut envie de lui répondre qu'il s'en moquait, que cela ne signifiait rien pour lui ; mais ne l'avait-il pas suffisamment humiliée et meurtrie ?

— Vous aimiez faire l'amour avec Etienne ?

— Au début, ç'a été une découverte, ensuite, une corvée.

— Il se vantait d'être un bon baiseur.

— C'est ce que prétendent les hommes qui ont quelque tempérament.

Richard but une gorgée dans le verre de Catherine, renifla. Son malaise s'accentuait, le taraudait. Il se demandait quel sombre sortilège exerçait Catherine sur lui. Comment il se pouvait que l'intense dégoût qu'elle lui inspirait cessât soudain pour faire place à un bas désir crapuleux.

— Déshabillez-vous ! ordonna-t-il, la gorge nouée.

Elle fut encore plus surprise que lui par cette brutale exigence.

Catherine le regarda d'un œil interrogateur, comme pour quêter une confirmation du caprice. Il acquiesça. Il arrive qu'on se sente pâlir. Il se sentit pâlir. Une défaillance bizarre le chavirait.

Catherine se leva et commença un strip-tease maladroit. Elle portait des vêtements de femme sans coquetterie, mal fichus et rudes. Il la regarda ôter sa robe, puis sa combinaison qui, déjà, accusait les nombreux bourrelets de son corps boudiné. Les brides cisaillaient son épaule grasse, imprimant deux sillons profonds et violacés de chaque côté du cou.

Elle se défit de la combinaison brillante. Dessous, elle portait des bas, un porte-jarretelles, un slip, un soutien-gorge.

Elle eut une petite question empruntée de fillette obéissant aux caprices pervers d'un garçon :

— Je continue ?

Il approuva. La toison forcenée débordait de partout, sortait du slip comme d'un emballage crevé. Elle hésita à poser son soutien-gorge, mais opta pour la culotte et la descendit le long de ses grosses jambes. Des mailles avaient filé en maintes parties des bas, accentuant l'aspect souillon de Catherine.

De tout son instinct, elle sentait ce qui le troublait en elle. Elle savait qu'elle était parvenue au point extrême de sa nudité. Probablement qu'avant lui, Etienne, déjà, avait eu des exigences identiques ? Il lui avait ordonné des gestes, des postures...

La preuve : sans attendre qu'il le lui demandât, elle s'assit dans un fauteuil et mit ses grosses jambes sur chacun des accoudoirs. Richard s'abîma dans la contemplation de ces cuisses écartées jusqu'à ce que, peu à peu, ses pensées perdent de leur précision, se brouillent, reculent vers de mystérieuses incertitudes.

Ensuite il s'approcha d'elle.

— Ça vous ennuierait d'éteindre ? demanda-t-elle.

Il éprouva une sensation de réveil, éteignit la lumière et gagna sa chambre.

*
* *

Lorsqu'ils se retrouvèrent, le lendemain matin, elle ne fit pas la moindre allusion à leur comportement de la nuit. Elle semblait lasse et même malade, comme lorsqu'on débute une mauvaise grippe. Quand elle entra dans la cuisine, où il avait déjà mis à chauffer de l'eau pour le petit déjeuner, elle portait son gros peignoir bleu terne et tenait son sac à main sous le bras, ce qui faisait un peu folle de Chaillot.

— Combien d'argent vous faut-il ? demanda Catherine en ouvrant son sac.

Richard se dit qu'il devait ressembler à un petit maque avec sa vieille gagneuse.

Il haussa les épaules. Il ignorait le prix d'un smoking.

Devant son incertitude, elle sépara en deux une liasse de billets de mille francs suisses et posa les coupures sur le coin de la table.

— Il faudrait se débarrasser des deux valises, dit-elle. Vous avez une idée ?

— Aucune. Pourquoi ne pas les garder ici ?

— Enfin, voyons, s'il y avait un pépin et qu'on vienne...

— Je crois plutôt que c'est en les abandonnant quelque part que vous risqueriez de donner l'alerte. La police cherchera à savoir à qui elles appartiennent. Une enquête dans ce sens serait catastrophique. Tandis qu'en les conservant ici, il n'y a rien à redouter. Dites-vous que si la police venait perquisitionner, c'est que les choses iraient mal.

— Elles iraient beaucoup plus mal si on trouvait les bagages d'Etienne. Sinon, on pourra toujours jurer mordicus qu'il nous a quittés.

— Et la cage achetée par vous dans un grand magasin ? Croyez-moi, Catherine, vous avez beaucoup mieux réussi votre premier meurtre que le second.

Elle remonta le col de sa robe de chambre, comme si elle avait froid.

— Pour le second, j'ai été prise de vitesse. Si je ne l'avais pas tué hier, il vous aurait tué ce soir et vous n'auriez pas l'occasion d'aller faire des effets de smoking devant la gentry bernoise.

L'eau bouillait sur la cuisinière et la casserole tressautait, comme une folle. Richard arrosa la poudre de café qui attendait dans le filtre de papier blanc couronnant la cafetière. Il retrouvait sa haine, intacte. Catherine l'insupportait, ce matin. Il sentit qu'il n'aurait pas le courage de l'affronter le long de la journée.

— Ecoutez, dit-il, ces valises, faites-en ce que vous voudrez, après tout, c'est votre problème.

Elle lui jeta un regard acéré.

— MON problème, Richard, vous êtes sûr ?

— Certain.

Il se servit la première tasse de café, y jeta une poignée de sucres et l'emporta dans sa chambre. Il procéda à une toilette prolongée et, quand il fut prêt, s'aperçut que Catherine avait quitté la maison au volant de la Volvo en emportant les deux fâcheuses valises.

Alors il appela un taxi par téléphone.

En attendant l'arrivée du véhicule, il écrivit un mot à son hôtesse : « *Je ne rentrerai pas ce soir.* »

Il venait de décider la chose à l'instant, comme il prenait la plupart de ses décisions importantes : sur-le-champ, dans un élan irréfléchi. Catherine lui avait remis beaucoup d'argent.

Il allait s'acheter un smoking, du linge, une valise et descendre dans un bon hôtel, non loin de la Kinderstrasse. Partir pour un voyage immobile l'amusait. Peut-être resterait-il plusieurs jours absent ? Peut-être

— qui sait — ne reviendrait-il jamais chez Catherine ?

Eux deux, cela devait bien cesser un jour ou l'autre.

Une grosse Mercedes verte et noire, d'un type très ancien, stoppa devant la grille.

Au moment d'y grimper, il s'aperçut qu'il allait oublier sa guitare et courut la chercher.

XXVI

Richard fut surpris, en poussant la porte, de n'entendre aucun bruit de conversations.

Comme d'ordinaire, il avait actionné la conciergerie automatique et Erika l'avait prié d'entrer et de monter. Il s'attendait, d'emblée, à être accueilli par ce léger brouhaha des débuts de soirée, plein de réserve, mais où déjà les répliques font de la surenchère ; or c'était le silence, pareil au silence des autres soirs. Un silence doux et velouté, capiteux.

Il grimpa, tenant sa guitare contre son flanc, dans l'escalier étroit. Il se déplaçait comme une enfant qu'on a déguisée en princesse et qui craint de marcher sur sa traîne. Le port du smoking le rendait gauche. Bien qu'il eût trouvé un vêtement de bonne coupe, en tissu léger, il avait l'impression de se déplacer dans une armure. Le nœud de velours noir, important, l'étouffait, car il le forçait à garder le menton relevé.

Il s'était habillé très tôt, dans la chambre de l'hôtel où il était descendu, passant des heures devant la glace de l'armoire à s'examiner, à étudier ses mouvements, à s'entraîner à jouer de la guitare ainsi harnaché, ce qui n'était pas facile. Il chassait un grain de poussière de son col châle, tirait sur ses manchettes mousseuses, aplatissait de la main le renflement obstiné du plastron de dentelle qu'il jugeait trop important. C'était un véritable apprentissage. Il redoutait de paraître emprunté, sachant bien que cette préoccupation ne pouvait qu'accentuer sa maladresse et que l'aisance n'est que l'oubli des bonnes manières après qu'on les a assimilées.

Erika vint l'accueillir en haut des marches. Elle était sublime dans une robe de soie noire, ayant à son cou un collier de chien en brillants. Pour la première fois, elle portait des boucles d'oreille — également en diamant — qui ajoutaient à l'éclat de ses pommettes fardées avec art.

— Dieu que vous êtes beau ! s'exclama-t-elle, en apercevant son invité. La toilette vous donne quelque chose de romantique ; pourquoi les jeunes gens l'ont-ils proscrite, alors qu'elle est faite pour eux !

Il rougit en songeant que les autres convives d'Erika entendaient ces paroles et en voulut un peu à la jeune femme de le rendre godiche par ses compliments. Il est dur d'opérer une entrée aisée dans une pièce dont les occupants apprennent, avant même de vous avoir vu, que vous portez pour la première fois le smoking et qu'il vous va bien.

Il gravit la fin de l'escalier comme les degrés d'un échafaud, en souhaitant ardemment être ailleurs. Mais personne d'autre qu'Erika ne se trouvait au salon.

— Je suis le premier ? s'étonna-t-il.

Pourtant, il avait bien veillé à se présenter en retard sur l'heure convenue ; non pour avoir la vedette, mais parce qu'il voulait laisser aux Labbo le temps d'expliquer à leurs autres invités qui il était.

Elle lui prit le bras.

— Figurez-vous que Karl a eu un empêchement dans l'après-midi. Au lieu de venir à Berne, il a dû s'envoler pour New York. Du coup, je me suis payée d'audace et j'ai décommandé les autres ; si bien que nous allons faire la dînette en tête à tête.

Elle lui désigna une petite table dressée dans le fond de la pièce, et sur laquelle brillaient les bougies de deux flambeaux d'argent.

— Vous êtes déçu, Richard ?

Il protesta :

— Au contraire, je me réjouis de ce premier repas d'amoureux...

Mais, malgré tout, il ressentait une vague déconvenue ; sans doute parce qu'il s'était préparé à cette soirée avec trop d'ardeur et que cela ne servait à rien. L'appréhension, quand elle est injustifiée, laisse un creux à l'âme. Richard ne regrettait pas son smoking, il regrettait de ne pas avoir à livrer contre lui-même un combat auquel il s'était farouchement préparé.

Elle lui prit sa guitare des mains, la caressa doucement, avant de la poser droite dans un fauteuil où elle se mit à ressembler à quelqu'un.

— Nous allons éteindre l'électricité, décida Erika. Aimez vous dîner aux chandelles ? Moi, j'en raffole. Aucune toilette, aucun bijou ne sied mieux à une femme que la flamme d'une bougie.

Elle coupa la lumière. Aussitôt, la pièce parut obscure, mais très vite les huit flammes des flambeaux firent valoir leurs droits et le salon-salle à manger prit un aspect plus intime. L'ambiance s'en trouva comme exaltée. Cela fit penser à l'amour...

Elle lui désignait un siège.

— Mettez-vous ici. Dieu que vous êtes joli garçon dans cet éclairage, mon chéri. Si je ne me retenais pas, je vous embrasserais tout de suite. Mais l'impatience est le plus vilain des défauts en amour.

Une coupe de caviar reposait sur un lit de glace. Tout près, sur une desserte, un poulet en gelée, découpé et reconstitué, brillait comme un meuble laqué. Un gâteau au chocolat l'accompagnait, tandis que deux bouteilles de champagne se tenaient compagnie dans un double seau à pied.

— Cela vous ennuie de dîner froid ?

Il assura que non, fasciné par la délicatesse de ce repas de cinéma. Les flammes dansantes des bougies agitaient les ombres et mettaient dans la pièce un léger grouillement de fantômes.

— N'est-ce pas merveilleux, rien que nous deux, en toilette ?

Pourquoi, à cet instant, l'idée le caressa-t-il qu'il n'avait jamais été question de Karl et de ses invités ? Que tout cela n'avait été inventé par Erika dans le seul but de le faire s'habiller et en vue de ce délicat tête-à-tête ? Un caprice...

Il sourit de cette pensée et s'il n'en fit pas part à son hôtesse, ce fut par crainte de la blesser et de briser le charme du moment.

— Il y a une chose qui me tracasse, dit-il, alors qu'elle mettait à chauffer des toasts entre les mâchoires d'un grille-pain.

— Eh bien ! il faut me la confier !

— Depuis que je viens chez vous, je n'y ai jamais rencontré de domestiques. Vous n'allez pas me dire que ce sont ces mains d'artiste qui font le ménage ici ? Que vous ayez dressé cette table, à la rigueur, je le comprends ; mais que vous la desserviez ensuite et fassiez la vaisselle, voilà qui me paraît impossible.

Erika le regarda tendrement.

— L'amour, fit-elle. Est-ce que je lui révèle tous mes secrets ? Allez, soit... Non, mon petit homme de France, je ne fais pas le ménage, ni la cuisine, ni rien de ménager. Est-ce que mes toasts brûlent ? Non. Alors regardez...

Elle courut à une bibliothèque d'acajou située près de l'escalier. Fit jouer un bouton placé dans la boiserie. La bibliothèque s'écarta du mur. Ce n'était qu'une porte épaisse. De l'autre côté, une ouverture de dimension classique s'offrait, avec une seconde porte, normale, après l'épaisseur du mur.

Richard se crut au théâtre.

Depuis sa place, il considérait ce gadget qu'il n'était pas loin de qualifier de miracle.

— Mais comment, bredouilla-t-il...

Elle éclata de rire, referma l'issue et vint précipitamment retirer les toasts qui commençaient à griller trop.

— En fait, dit-elle, le gros immeuble d'à côté nous appartient et il est bourré de domestiques. Mais je rêvais d'un coin secret, un endroit rien qu'à moi, plus feutré, plus à l'échelle humaine, où je pourrais faire ma peinture, recevoir mes amis, passer des soirées d'intimité avec mon frère. Alors, nous avons acquis cette adorable vieille maison, étroite. Et voilà...

Richard n'en revenait pas.

— Pourquoi ne m'avez-vous rien dit ?

— Mais, mon chéri, parce que vous ne m'aviez rien demandé. Et puis, on tient à ses secrets, c'est humain. On ne les dit pas tout de suite à ceux qu'on aime, vous le savez mieux qu'un autre...

Il hocha la tête, sans conviction. La notion de cette présence nombreuse, de l'autre côté de la bibliothèque, l'incommodait. Il regrettait de savoir ; pour lui, leur intimité venait de basculer. Que la vie d'Erika se poursuivît de l'autre côté du mur, et qu'elle fût autre, inconnue de lui, voilà qui le meurtrissait, lui donnait un cruel sentiment d'impuissance, d'inaccessibilité.

— J'espère que ça ne vous a pas coupé l'appétit ? demanda-t-elle. Vous avez l'air tout songeur.

— Il y a de quoi songer, non ? Dites, vous devez être très riche pour pouvoir vous permettre des fantaisies de ce genre.

— Très. Vous voulez que je vous beurre vos toasts, amour ? Fichtre, je me brûle les doigts. Servez-vous de caviar...

Il prit une cuillerée de caviar.

— Davantage ! s'écria Erika. Vous n'en avez jamais mangé ?

— Si, chez mes parents, c'est un rituel : il y a toujours du caviar pour les grandes occasions, seulement il y en a peu parce qu'on est économe. Chacun en prend la valeur d'une cuiller à café et réussit à en tirer trois toasts en le répartissant à raison d'un grain au centimètre carré.

— Alors vous devez avoir des envies rentrées à satisfaire. Je veux, ce soir, que suivant la formule consacrée, vous le mangiez à la louche. Attendez, c'est moi qui vous confectionne les toasts. Mettez-en d'autres à chauffer pendant ce temps.

Comme il s'activait maladroitement, le grille-pain étant brûlant, la sonnette de l'entrée retentit.

Erika posa le couteau à beurre et resta immobile, tenant un toast ruisselant de beurre fondu d'une main qui tremblait.

— Voulez-vous que j'aille répondre ? proposa Richard.

Elle secoua la tête.

— Mais non, pourquoi, j'y vais...

Le répondeur de la conciergerie automatique se trouvait dans une petite niche, près de l'escalier. Erika alla brancher l'appareil.

— J'écoute ?

Mais déjà Richard savait.

Il considérait avec désespoir le caviar, le toast beurré qui devenait répugnant dans l'assiette d'Erika...

— Qui donc ? demandait celle-ci.

Il y eut un crachotement mécanique.

— Poussez la porte et montez l'escalier, fit la jeune femme.

Elle hésita à attendre, selon son habitude, près des marches, mais se ravisa et regagna sa place.

— Une visite, pour vous ! annonça-t-elle en s'asseyant.

Richard crut qu'il allait s'évanouir de honte.

— Je suis navré, fit-il.

L'escalier craqua, et Catherine parut.

Elle était essoufflée par l'ascension. Elle portait son imperméable noir-baleine et son infâme fichu de foraine. Elle eut, en atteignant le premier étage, un air de profonde timidité, regardant le décor avec inquiétude comme s'il était dangereux pour elle ; s'étonnant de n'être pas accueillie par la maîtresse de maison. Elle clignait des yeux. La médiocrité de l'éclairage ajoutait à sa gêne. Elle avait du mal à se repérer. Et puis elle discerna la table aux flambeaux, dans le fond de la pièce. Une odeur de pain brûlé se répandit. Erika tira sur le fil de la prise, ce qui lui permit de stopper l'appareil sans quitter sa place.

Catherine s'approcha de sa démarche lourde. Elle examinait la table, la nappe empesée, la vaisselle de fine porcelaine, les chandeliers ouvragés, la coupe de caviar, les beurriers d'argent...

— Je dérange, dit-elle.

Elle avait besoin de se « faire une voix » avant d'entrer dans le vif du sujet, comme on accorde un instrument avant le concert.

Elle attendit un moment. Erika l'ignorait. Elle puisait du caviar dans la coupe et l'étalait sur un toast.

— C'était ça, le grand dîner mondain ? demanda Catherine à Richard.

Il put enfin parler. Quelque chose se décrocheta en lui.

— Vous avez eu tort, Catherine, foutez le camp, vous n'avez rien à faire ici !

Elle parut ne pas entendre.

— Tenez, chéri, fit à cet instant Erika en déposant le toast copieusement lesté dans son assiette.

Il considéra le caviar gris, luisant.

— Je veux qu'elle s'en aille, balbutia le garçon en désignant Catherine.

— Vous mettez du citron ? demanda Erika.

Et, comme il ne répondait pas, elle pressa, à l'aide

d'une petite pince en forme de tranche un quartier de citron sur le toast. Le caviar perdit de son éclat et s'affaissa.

— N'attendez pas, mangez ! invita Erika.

Sa froideur, son dédain, constituaient le pire des outrages. Richard pensa qu'ils avaient atteint la limite de leur endurance, les uns et les autres.

— Catherine, partez, je vous le demande.

— Non.

— Vous devez rentrer, je... je vous rejoindrai plus tard.

Mais Catherine ne se donnait même plus la peine de refuser. Elle les fixait de son regard brouillé par l'alcool avec une placidité qui confinait à la sauvagerie.

— Alors, vous lui avez tout raconté ? demanda-t-elle.

— Mais... quoi ?

Elle mit sa main dans la poche de l'imperméable, en retira une lettre chiffonnée qu'elle jeta sur son toast. Richard reconnut le billet griffonné par Erika, la veille.

— J'ai trouvé ça à l'arrière de la Volvo, expliqua Catherine. Qu'est-ce qui vous a pris de tout lui raconter, à cette putain ?

— Catherine ! hurla Richard, je vous interdis d'insulter Erika !

La grosse femme se tourna vers Erika.

— Erika ? demanda-t-elle, c'est un nom, ça ? C'est le nom de quelqu'un à qui on va confier des choses pareilles ?

Erika venait de prendre un second toast.

Elle s'obstinait à vouloir le tartiner, mais sa main tremblait. Comprenant qu'elle ne pourrait parvenir à ses fins, elle jeta pain et couteau devant elle sur la nappe.

— Oh, Richard ! Richard, s'écria-t-elle, quelle misère ! Quand vous me parliez d'elle (elle montrait Catherine du doigt), je m'imaginais qu'il s'agissait d'une femme, j'ignorais que c'était une truie.

Elle se tut, écarquilla les yeux. Catherine venait de plonger une deuxième fois la main dans sa poche ; cette fois, elle en sortait une arme. Richard reconnut le revolver avec lequel Etienne jouait les matamores de westerns.

Il n'eut pas le temps de crier. Le doigt de Catherine pressait la détente. Il y eut un « clic » avorté. Docilement, elle remonta le cran de sûreté qu'elle avait oublié d'ôter. Son bras s'étendit de nouveau en direction d'Erika. Il y eut une énorme détonation, suivie de beaucoup d'autres.

Une âcre odeur de poudre domina celle du pain brûlé qui subsistait dans la pièce. Un nuage gris, velouté, stagna autour des petites flammes flageolantes.

Richard se prit la tête à deux mains.

— Vous l'avez tuée ! balbutia-t-il, mon Dieu, Catherine, vous l'avez tuée !

Erika avait basculé en avant, la tête dans son assiette, du sang sortait d'elle, qui se répandait rapidement sur la table.

— Naturellement, dit Catherine. Naturellement.

Elle remit le revolver dans sa poche et s'éloigna de la table. Richard se dressa. Il était faible, comme on est faible la première fois qu'on se lève après une longe maladie. Il dérapait de son corps, à croire qu'une balle l'avait atteint, lui aussi, qui le tuait sans qu'il en souffrît.

— Erika, disait-il tout bas. Erika, mon amour...

Il réussit à contourner la table. Il voulut redresser la tête de son hôtesse, mais elle était devenue lourde comme une pierre. Il la prit par les cheveux afin de la tirer en arrière.

Les cheveux lui restèrent dans la main.

Alors, il noua ses deux mains sur le front d'Erika et parvint à la redresser. Il aperçut deux petites pastilles bleues dans l'assiette de la jeune femme. Il sut tout de suite, car sa mère en portait depuis toujours, qu'il s'agissait de verres de contact.

Maintenant, Erika se tenait à la renverse sur son siège, le buste de travers. La mort éteignait son maquillage ; on voyait poindre des taches de rousseur autour de son nez. Sa perruque à demi arrachée découvrait ses vrais cheveux, lesquels étaient d'un blond très intense, tirant sur le roux.

— Mais c'est un homme ! murmura Catherine.

Il domina sa répulsion pour achever d'ôter la perruque.

— Oui, c'est un homme, dit Richard.

Et il se sentait sans surprise excessive devant le cadavre de Karl Labbo ; mais déjà la mort de celui-ci le poignait plus fortement que l'anéantissement d'Erika.

— Alors, c'était un homme ? répéta Catherine. Vous le saviez ?

Il répondit que non.

— Cette fois, il faut partir, dit-elle. J'espère que nous aurons la nuit devant nous pour gagner l'étranger...

Il acquiesça, docile à jamais.

Avant de quitter la maison, il retourna chercher sa pauvre guitare qu'il oubliait une fois encore.

Il s'aperçut qu'une balle perdue avait troué le flanc de l'instrument, et il se demanda si la guitare guérirait de cette blessure afin qu'il puisse un jour lui confier ses chagrins.

Achevé d'imprimer en novembre 1997
sur les presses de Cox & Wyman Ltd
(Angleterre)

FLEUVE NOIR – 12, avenue d'Italie
75627 PARIS – CEDEX 13.
Tel: 01.44.16.05.00

Dépôt légal : décembre 1997
Imprimé en Angleterre